Jessica Phung

ton amie: Sarah Lam.

Marsha P.

Même le livre se transforme !
Faites défiler rapidement
les pages et regardez...

Déjà parus dans la série

ANIMORPHS

1. L'INVASION

2. LE VISITEUR

3. L'AFFRONTEMENT

4. LE MESSAGE

**Pour en savoir plus,
rendez-vous à la p. 223**

K. A. Applegate
LE VISITEUR

Traduit de l'américain
par Nicolas Grenier

Les éditions Scholastic

Pour Michael

Données de catalogage avant publication (Canada)

Applegate, Katherine
Le visiteur

(Animorphs)
Publié aussi en anglais sous le titre : The visitor.
ISBN 0-590-12355-6

I. Grenier, Nicolas. II. Titre. III. Collection.
PZ23.A6485Vi 1997   j813'.54   C97-931501-8

Édition publiée par Les éditions Scholastic, 123, Newkirk Road,
Richmond Hill (Ontario) Canada L4C 3G5.

4 3 2 1   Imprimé en France   7 8 9 / 9

Je m'appelle Rachel. Je ne vous dirai pas mon nom de famille. Jamais aucun d'entre nous ne vous dira nos noms de famille. Chaque fois que j'en citerai un, il sera faux. Désolée, mais nous n'avons pas le choix. Nous ne vous dirons pas non plus le nom de notre ville, ni celui de notre collège, ni même celui de l'État dans lequel nous vivons. Si je vous révélais mon identité, les Yirks pourraient nous trouver, mes amis et moi. Et si jamais ils nous trouvaient, ce serait la fin.

Ils pourraient nous tuer. Ou pire.

Oui, il y a réellement quelque chose de pire que la mort. Je l'ai vu. J'ai entendu les cris de désespoir de ces malheureux condamnés à être les esclaves des Yirks. J'ai vu ces malfaisantes limaces pénétrer en se tortillant dans l'oreille d'êtres humains libres afin d'en prendre le contrôle.

Nous sommes cinq. Seulement cinq adolescents : Jake, Cassie, Marco, Tobias et moi. Marco nous a trouvé un nom. Pour dire ce que nous sommes désormais. Il nous a baptisés les Animorphs. Je crois que c'est un nom qui nous va plutôt bien. Vous savez, la plupart du temps, je me sens comme n'importe quelle fille de mon âge. Mais je ne crois pas que les filles de mon âge aient l'habitude de se changer en éléphant ou en aigle à tête blanche. Et les jeunes de mon âge ne passent pas tout leur temps libre à combattre pour sauver le monde de ces cauchemars qu'on appelle les Yirks.

Ce jour-là, le soleil était éclatant. Il réchauffait la terre au-dessous de nous. L'air chaud s'élevait en formant un courant invisible, un thermique. Nous sentions sa poussée sous nos ailes et nous sommes montés de plus en plus haut, toujours plus haut, jusqu'au moment où il nous a presque semblé que nous pouvions toucher l'espace cosmique.

Le vide glacé de l'espace où quelque part, là-haut, tournait en orbite le vaisseau-mère des Yirks. Juste au-dessus de nos têtes, peut-être.

Les Yirks sont des parasites. A l'état naturel, il ne s'agit que de grosses limaces vivant dans un bac d'eau boueuse qu'on appelle un Bassin yirk. Mais les Yirks ont le pouvoir de s'emparer d'autres corps. Ils ont déjà réduit de nombreuses races en esclavage à travers la galaxie : les Taxxons, les Hork-Bajirs, et bien d'autres. Et maintenant, ils sont arrivés sur Terre, à la recherche de nouveaux corps à contrôler.

Y a-t-il quelqu'un pour tenter de les arrêter ? Dans l'espace, il y a les Andalites. Mais les Andalites sont loin, très loin, et il leur faudrait un long moment pour venir au secours de notre planète.

Sur Terre, personne ne soupçonne la présence, ni même l'existence des Yirks. Personne, sauf cinq adolescents qui s'amusaient dans des corps d'oiseaux en surfant sur les thermiques.

Je cherchai mes amis des yeux. Certains étaient un peu plus bas, d'autres plus haut. Les ailes de Jake battaient un peu plus vite que celles de tous les autres. Il avait choisi une animorphe de faucon. Les faucons ne planent pas tout à fait aussi bien que les aigles ou même les buses.

De nous tous, Tobias était celui qui volait le mieux. C'était en partie parce que les faucons à queue rousse sont naturellement de prodigieux acrobates aériens. Mais c'était aussi parce que Tobias avait une expérience beaucoup plus grande qu'aucun d'entre nous en matière de vol.

Une trop grande expérience, même.

< D'accord, Tobias, tu avais raison. C'est bien le truc le plus cool au monde >, reconnus-je.

< Tu veux essayer un piqué ? C'est de la folie ! > proposa-t-il.

Je n'étais pas tout à fait certaine d'avoir envie de piquer, mais que pouvais-je répondre ? Je n'ai pas précisément l'habitude de refuser quand on me lance un défi. Alors j'ai dit :

< Quand tu veux ! >

< Suis-moi. >

Tobias replia ses ailes et fila vers le sol comme une flèche.

Je plaquai mes ailes contre mon corps et plongeai dans son sillage.

Le sol se précipita à ma rencontre. Je tombais ! Je tombais comme une pierre, sans rien pour freiner ma chute, rien pour m'empêcher de m'écrabouiller sur le sol ! C'était comme dans un cauchemar.

Nous piquions à près de cent kilomètres à l'heure, aussi vite qu'une voiture sur une route. Nous piquions à cent kilomètres à l'heure droit vers le sol.

Mais malgré tout ce qu'elle avait d'effrayant, c'était aussi une sensation fabuleuse.

Oubliez le surf. Oubliez la planche à roulettes. Oubliez le snowboard. Vous ne saurez pas ce qu'est réellement le grand frisson tant que vous ne vous serez pas laissé porter par les thermiques jusqu'à deux mille mètres d'altitude avant de vous lancer en piqué à pleine vitesse.

L'air grondait autour de moi, exactement comme quand on se penche par la fenêtre ouverte d'une voiture qui roule vraiment vite. C'était comme de se retrouver au cœur d'un ouragan. L'extrémité de mes ailes était rudement secouée et vibrait. Je sentais ma queue opérer des dizaines d'infimes corrections, bougeant une unique plume dans un sens ou un autre pour maintenir ma trajectoire rectiligne. Mais un seul faux mouvement et je pouvais décrocher et partir en vrille. Dans ce cas, le choc risquait d'être assez violent pour me briser une aile. Et à cette altitude, une aile cassée était un arrêt de mort.

< Tobias ! Je viens juste de réaliser un truc. >

< Quoi ? >

< Ce n'est pas comme quand on est un éléphant. Si j'ai des problèmes quand je suis éléphant, je peux

démorphoser et redevenir un humain. Mais ici, je suis un peu haut. Si je regagnais mon corps humain… >

Je n'achevai pas ma phrase. Mais je me vis soudain, moi, la véritable Rachel, en train de tomber comme une pierre droit vers le sol.

Je crois que Tobias sentit la peur qui grandissait en moi.

< Laisse l'aigle diriger le vol, me conseilla-t-il. Détends-toi et laisse faire l'esprit de l'aigle. Il sait ce qu'il fait. >

< Je suis contente qu'il soit là ! > répliquai-je avec nervosité.

Il y a une chose bizarre, quand vous êtes dans une animorphe. Le cerveau de l'animal est en vous. Le plus souvent, vous pouvez contrôler cette intelligence. Mais pas toujours. Et parfois, vous devez apprendre à la laisser faire, à laisser l'animal prendre les commandes.

Je me détendis. Aussitôt, les vibrations diminuèrent. Je me sentis plus stable. L'aigle avait pris les commandes et Tobias ne s'était pas trompé : cet oiseau savait voler.

A cet instant, à ma grande stupéfaction, je vis un éclair fauve nous dépasser en nous frôlant, filant vers le sol à une vitesse bien supérieure à celle de Tobias ou à la mienne. C'était Jake. Ses petites ailes ne lui permettaient pas de planer aussi aisément que nous sur les thermiques, mais elles lui permettaient d'être incroyablement rapide en piqué. C'était presque comme si Tobias et moi nous étions immobiles.

< Yaaaaaah ha ha ! > hurla Jake dans nos têtes.

J'aurais souri, si j'avais eu une bouche. Jake est comme moi. Il adore les sensations fortes, l'aventure, et les trucs un peu dingues. Peut-être que nous nous ressemblons autant parce que nous sommes cousins.

Et puis, je crois qu'il y a aussi un peu de rivalité entre nous. Ça m'énervait qu'il soit plus rapide que moi en piqué. Tout comme ça l'énervait que je plane mieux que lui. J'imagine que ça doit vous sembler puéril, non ?

Zzzziiinnnngggg !

Quelque chose me frôla la tête.

< Tu as entendu ça ? > demanda Tobias.

< Ouais, tu parles ! ai-je répondu. Qu'est-ce que c'était ? >

< J'en sais rien. >

Instinctivement, je modifiai ma trajectoire pour

cesser de piquer, bandant tous les muscles de mes ailes en même temps que je les ouvrais, et je sentis dans tout mon corps le choc de la résistance de l'air. C'était comme si j'avais ouvert un parachute.

Les autres suivirent mon exemple. Nous étions encore à plusieurs centaines de mètres d'altitude, mais beaucoup plus près du sol qu'auparavant.

Zzzziiinnnngggg !

Je sentis quelque chose passer à travers les plumes de ma queue.

< Hé ! Quelqu'un nous tire dessus ! > m'écriai-je.

< Je les vois >, annonça Cassie.

Elle et Marco nous avaient rejoints. Ils avaient tous deux adopté la même animorphe d'aigle pêcheur. On avait du mal à les distinguer l'un de l'autre, et rien ne permet réellement de dire qui est l'auteur d'un message télépathique.

< Deux types, là-bas, dans les bois. Ils ont un fusil. >

< J'arrive pas à le croire ! >

Ça me rendait franchement dingue.

< J'appartiens à une espèce en voie d'extinction ! Je suis un aigle à tête blanche. Qu'est-ce qu'ils ont dans le crâne, ces imbéciles ? >

< Il va recommencer à tirer, nous prévint Marco. Je le vois qui vise. >

< Dès que vous voyez la flamme du fusil, virez à fond sur la droite ! > criai-je.

Jamais un aigle, une buse ou un faucon normalement constitué ne serait capable d'imaginer une telle parade. Mais nous n'étions pas de simples rapaces. Nous disposions toujours de notre intelligence humaine. Et s'il y a des moments où il faut laisser l'animal diriger les opérations, il en est d'autres où notre intelligence d'espèce supérieure doit prendre les choses en main.

< Ça y est ! Ils tirent >, hurla Jake.

Aussitôt, je me déportai vivement sur ma droite. La balle passa en sifflant et alla se perdre dans le ciel sans toucher personne.

< Vous savez quoi ? Je ne trouve pas ces types très sympathiques >, fit observer Tobias.

Tobias avait des raisons particulières de ne pas aimer les gens qui tiraient sur les oiseaux.

< Moi non plus, approuvai-je. J'ai une idée. >

J'expliquai ce que je voulais faire et, tous les cinq, nous nous sommes mis hors de portée des tireurs. Parvenus à une distance suffisante, nous avons amorcé un piqué brutal au-dessus des bois, tombant de plus en plus vite, de plus en plus bas, à la rencontre des arbres.

Je croyais avoir eu peur, quand nous avions plongé de plusieurs milliers de mètres de haut. A présent, je piquais à basse altitude, fonçant droit vers la cime des arbres. Et je gravissais un nouveau degré dans l'échelle de la terreur.

Grâce à mes yeux d'aigle, je pouvais distinguer l'écorce des arbres. Je pouvais même y distinguer des fourmis. Comme si ces arbres se dressaient juste devant nos becs.

J'espérais que l'aigle savait ce qu'il faisait. Si je percutais un de ces arbres à cent kilomètres à l'heure, j'allais me changer en une drôle de pizza.

Enfin, à la dernière seconde, tel un escadron d'avions de combat entraîné à la perfection, nous avons déployé nos ailes et nous avons filé à travers les arbres dans un vrombissement sourd.

Incroyable !

< Ah ! Yahaaaah ! hurla Marco dans ma tête. Je sais pas si c'est géant ou complètement dingue de faire ça ! >

C'était comme un jeu vidéo grandeur nature. Nous

avions conservé presque toute la vitesse acquise au cours du piqué, et maintenant nous foncions entre les arbres à une allure si vertigineuse que leurs troncs n'étaient plus qu'un brouillard brunâtre tout autour de nous.

Arbre ! Vire sur l'aile gauche.

Arbre ! Vire sur l'aile droite.

Arbre ! Des dizaines de plumes accomplissaient individuellement les plus infimes corrections. Les muscles de mes ailes modifiaient leur angle d'attaque d'un millimètre dans un sens, d'un millimètre dans l'autre.

Arbre ! Arbre ! Arbrarbrarbrarbrarbre !

< Yahaaaaaaah ! > hurlai-je, pour exprimer ma terreur, mais aussi une excitation totale, incontrôlable.

Gauche, droite, autour, au milieu. Foncer. Foncer !

Et soudain, ils apparurent. Droit devant, dans une clairière. Deux jeunes débiles boutonneux assis à l'arrière d'un pick-up. Un des deux avait une queue de cheval blonde. L'autre portait une casquette de base-ball.

Ils étaient à cent mètres de nous, la taille d'un terrain de football, mais mes yeux d'aigle étaient si perçants que j'aurais pu compter leurs cils.

Le type à la queue de cheval tenait le fusil. L'autre vidait une canette de bière. Ils étaient encore occupés à scruter le ciel, à notre recherche.

« Vous savez quoi, pauvres types ? pensai-je en fondant sur eux tel un missile. On n'est plus là-haut. On est ici, juste...

devant...

votre...

NEZ ! »

CHAPITRE

2

Ils n'eurent pas le temps d'être surpris que nous avions déjà frappé. Étant un aigle à tête blanche, j'étais le plus gros de nous cinq. Je pouvais porter la plus lourde charge. Je projetai mes serres en avant et les ouvris toutes grandes.

– Tssyyyyyyykkrh !

Tobias lança le cri d'intimidation du faucon.

Mes serres s'abattirent sur le canon du fusil et se refermèrent sur lui.

Tobias griffa la tête du type à la queue de cheval. Queue de Cheval hurla de douleur et de stupéfaction, et il lâcha son fusil.

– Hé ! cria le second type.

Trop tard ! J'avais filé avec le fusil.

A cause du poids de l'arme, j'éprouvai les pires difficultés à reprendre de l'altitude.

– Ce rapace embarque ton fusil, Chester ! Et l'autre, là, il m'a piqué ma bière !

Je lançai un coup d'œil derrière et vis Marco. Enfin, je crois que c'était Marco. La canette de bière était dans ses serres, à moitié écrabouillée.

< Ils sont bien trop jeunes pour boire de l'alcool >, déclara Marco de sa voix la plus paternelle.

J'entendis Queue de Cheval qui gémissait, en dessous.

– C'est pas juste ! C'est pas juste qu'un oiseau m'pique mon fusil comme ça !

Je captai une petite brise qui m'aida à m'élever au-dessus des arbres. Mais ce n'était pas de tout repos. Mes ailes battaient l'air immobile du sous-bois sans parvenir à me faire gagner beaucoup d'altitude. Je frôlai la cime d'un grand pin et réussis à sortir de la forêt. Continuant de battre des ailes de toutes mes forces pour ne pas me laisser entraîner par le poids du fusil, je mis le cap sur la plage, au pied des petites falaises qui bordent le rivage.

C'est là que j'allais retrouver les thermiques tant recherchés. Ils me soulevèrent et m'entraînèrent au-dessus de l'océan. Je me détendis, laissant les vents chauds m'emporter plus haut.

Je laissai tomber le fusil à près de deux kilomètres au large. J'estimais qu'un abruti capable de tirer sur un aigle à tête blanche n'avait nul besoin d'une arme à feu. Marco largua la canette de bière avec une précision ahurissante dans une poubelle publique. Il avait l'air aussi fier que s'il venait de marquer le panier décisif dans la finale du championnat N.B.A.

< Ça va faire presque deux heures >, nous prévint Cassie tandis que nous revenions vers la terre en planant paresseusement.

Si vous restez dans une animorphe plus de deux heures, vous êtes piégés.

Pour toujours.

Non loin de la plage, il y a une vieille église en ruines où plus personne ne met jamais les pieds. La tour de son clocher se dresse toujours, même si la cloche a disparu. Nous avons volé jusque-là. C'est de là que nous étions partis. Nos vêtements et nos chaussures y étaient encore rangés.

Quatre paires de chaussures pour nous cinq.

Cassie, toujours dans son corps d'aigle pêcheur, jeta un coup d'œil sur sa montre posée sur le sol.

< C'est bon. Une heure et demie. Il faudrait qu'on essaie de ne jamais dépasser une heure et demie. >

Nous avons commencé à démorphoser.

Changer de corps exige de la concentration. Surtout quand on morphose, quand on passe du corps humain à un corps animal. Là, il faut vraiment se concentrer. Mais il est plus facile de revenir dans son corps humain.

Je me concentrai sur ma forme humaine, m'efforçant de recréer une image de moi-même dans mon esprit : grande, mince, avec des cheveux blonds tombant sur les épaules. Je me concentrai tout particulièrement sur les cheveux, parce que je n'aimais pas ma dernière coupe. Elle n'était pas bien égalisée dans le bas. Non que cela ait une quelconque importance. J'espérais simplement que je pourrais profiter de la transformation pour arranger ça. Malheureusement, l'animorphe ne permet pas ce genre de choses.

Les changements ne se firent pas attendre longtemps. Les plumes dont j'étais couverte se mirent à disparaître. A se fondre les unes dans les autres comme de la cire chaude.

Par endroits, là où ma peau commençait à réapparaître, le dessin de ces plumes magnifiques demeurait visible pendant quelques secondes, tel un tatouage éphémère.

Mon bec jaune s'enfonça, comme aspiré à l'intérieur de ma bouche pour se changer en dents blanches. Cela provoquait une sorte de démangeaison qui me donnait quelquefois envie de grincer des dents.

Mes lèvres poussèrent autour de mes dents. Mes yeux passèrent de l'or pâle à leur bleu habituel. Mes jambes grandirent. Alors qu'elles ne mesuraient qu'une dizaine de centimètres, elles retrouvèrent leur taille normale.

Je levai les yeux vers Jake et vis les mêmes transformations se produire chez lui. Il faut que je vous dise une chose : le spectacle de quelqu'un qui morphose n'a rien d'agréable. C'est le genre de scène qui vous ferait faire les pires cauchemars si vous ne saviez pas qu'elle va bien se terminer.

Quand Cassie morphose, elle le fait toujours d'une façon qu'on peut qualifier d'artistique. Ainsi, lorsqu'elle se transforme en cheval, elle s'y prend de telle sorte que ça n'est pas une totale abomination. Elle a un talent naturel pour l'animorphe. Si du moins une telle chose existe. Pour ce qui est de nous autres, nous nous contentons de laisser les choses se faire d'elles-mêmes. Évidemment, le résultat peut être surprenant.

Ainsi, je vis Marco au moment où ses grosses jambes poilues de garçon jaillirent de son petit corps d'oiseau, et je me suis écriée :

– Pouah ! C'est répugnant !

– Gnouais, gben gtnas gpas gl'nair gmal gnon plus, Rachel !

Sa bouche démorphosait à mesure qu'il parlait, et il eut du mal à prononcer ses premiers mots, mais les suivants furent plus compréhensibles. Je suppose qu'il avait voulu dire : « Ouais, ben t'as pas l'air mal non plus, Rachel ! » Et il avait probablement raison. J'étais heureuse de ne pas avoir de miroir.

Ma langue se mit à grossir dans ma bouche. Ma vue s'affaiblit et parut se brouiller. L'esprit de l'aigle s'effaça, me laissant seule dans ma tête. Mes ailes devinrent des bras. Mes serres devinrent des orteils. Les pattes jaunes et squameuses de l'aigle redevinrent mes propres jambes, si ce n'est qu'elles conservèrent cette peau squameuse dans un premier temps.

– C'est la classe, tes pattes de poulet, se moqua Marco. On les trouve en cadeau dans les paquets de cornflakes ?

– Tu peux parler, Marco, rétorquai-je en souriant, avant de pointer le doigt vers le sol.

C'est que, si ses propres jambes avaient bien retrouvé leur aspect normal, il continuait d'arborer d'énormes serres d'aigle pêcheur en guise de pieds !

En même temps que ma peau réapparaissait, mes formes en faisaient autant. Heureusement, après quelques essais, nous avions appris à démorphoser avec un strict minimum de vêtements. D'ordinaire, rien de plus que des shorts de cycliste ou des justau-corps de danse. Pas assez pour se balader en pleine rue, mais assez pour nous éviter de mourir de honte quand nous devions réintégrer nos corps sous les regards des autres.

Je passai mes amis en revue. Ils étaient presque entièrement redevenus normaux, et seuls quelques petits détails pouvaient laisser deviner qu'ils étaient encore des oiseaux une minute plus tôt.

Jake est un grand costaud, avec des cheveux châ-tains, des yeux sombres et un regard sérieux – bien qu'à cet instant ses yeux pétillaient d'excitation. Par-fois, se retrouver dans la peau d'un animal vous fait complètement perdre le contrôle de vous-même. Un jour, Jake a morphosé en lézard, et il ne s'est toujours pas remis d'avoir été poussé par l'instinct de l'animal à dévorer une araignée vivante. Mais je crois que ça lui avait beaucoup plu d'être un faucon, parce qu'il n'arrêtait pas de s'extasier en nous répétant quel bonheur ça pouvait être.

— C'était tellement intense ! s'exclama-t-il. Maintenant que je suis revenu dans mon corps humain, j'ai l'impression d'être handicapé ou je ne sais quoi. Comme si j'étais scotché à la terre.

— Et aveugle, ajouta Cassie. Les yeux humains sont si nuls pour voir les choses au loin.

Elle sourit et étendit ses ailes. Elle s'était débrouillée pour les garder jusqu'au tout dernier moment. A présent, on aurait dit une sorte d'ange bizarre. Mais le plus fou, c'était que cela lui allait bien. Ses ailes gris et blanc d'aigle pêcheur et leur envergure d'un mètre cinquante lui donnaient une classe incroyable.

— Tu crois que tu pourrais voler ? lui demanda Jake.

Il avait l'air un peu intimidé.

— Non Jake, pouffa Cassie. Ce corps pèse une quarantaine de kilos. Ces ailes ne sont pas conçues pour supporter un tel poids.

Elle démorphosa ses ailes en bras en à peine trois secondes et partit d'un rire joyeux.

— Génial, soupira Marco en secouant la tête d'un air

dépité. Quand nous, on morphose, on dirait des victimes d'expérimentations génétiques d'un savant fou en plein délire. Et pendant ce temps, Cassie, elle, se débrouille pour avoir l'air d'un ange.

Cassie et moi, nous sommes amies depuis longtemps, même si, à nous voir comme ça, vous ne penseriez pas que nous puissions nous entendre. Cassie est désinvolte à l'extrême. Cette fille ne se soucie en rien de ses vêtements ou de son style. Je vous jure qu'elle serait capable de venir à un mariage en salopette si personne ne l'en empêchait.

Cassie vit dans une ferme et toute sa famille voue son existence aux animaux. Son père s'est servi d'une grange pour créer son Centre de sauvegarde de la vie sauvage, qui est une sorte d'hôpital pour animaux blessés. Elle est remplie en permanence d'oiseaux, de putois, d'opossums, de coyotes et de toutes les espèces de bestioles que vous pouvez imaginer.

La mère de Cassie est vétérinaire, elle aussi. Elle travaille au Parc, cet immense centre de loisirs dans lequel se trouve également un zoo. Alors, peut-être que Cassie a simplement hérité en naissant du don de comprendre les animaux. Tout ce que je sais, c'est qu'elle a toujours achevé son animorphe alors que nous ressemblons encore tous à des monstres répugnants, mi-humains, mi-animaux.

Quant à moi, eh bien, ce n'est pas que je sois Miss Mode ou top model, mais j'ai la passion des belles fringues. Je crois que c'est cela qui, ajouté à mon allure générale, fait que pas mal de personnes ont tendance à me prendre pour une petite minette ou je ne sais quoi. Les gens me trouvent vraiment jolie. Mais pour moi, ce n'est qu'un accident, un hasard de la nature, vous comprenez ? Les apparences n'ont pas d'importance. Ce qui compte, c'est ce qu'il y a dans votre tête, et c'est sur cela que je me concentre.

Bien sûr, c'est encore un domaine où, Cassie et moi, nous divergeons légèrement. Je pense qu'elle répliquerait : « Non, c'est ce qu'il y a dans ton cœur qui compte. » Elle a un talent naturel pour calmer les conflits. Si jamais une dispute éclate dans le groupe, c'est en général Marco et moi qui l'avons provoquée, et c'est Cassie qui finit par calmer tout le monde.

– En ce qui me concerne, je suis bien content d'être de nouveau en humain, déclara Marco. La séance de vol était géniale, mais c'est pas une bonne chose d'être capable d'y voir aussi bien.

– Pourquoi ? s'étonna Jake.

— Regarde, Jake, combien de fois tu t'es déjà baladé dans le centre-ville ou n'importe où, et tu vois une nana qui, de loin, a l'air canon, avant de découvrir en t'approchant qu'en fait c'est un boudin ? Ce que je veux dire, c'est que si tu pouvais voir aussi bien tout le temps…

— Je te demande pardon ? le coupai-je sèchement. Je suis sûre d'avoir mal entendu.

— Je ne voulais pas être sexiste, se défendit Marco. Ça fonctionne dans les deux sens. Regarde, vu de loin, je fais plus grand que je ne suis.

Marco est assez complexé par sa petite taille. Il a de longs cheveux bruns et le teint mat, et la plupart des filles le trouvent franchement mignon. Mais ça le gêne d'être petit.

— Ton problème, il n'est pas avec les gens qui te voient trop bien, repris-je. Il est avec ceux qui t'entendent trop bien. Quand on te regarde, tu as l'air d'un mec sympa et pas idiot. Mais dès que tu ouvres la bouche…

Marco se contenta de m'adresser un large sourire. Il ne vit que pour pousser les autres à bout. Il est réellement très intelligent et très gentil. Ce qu'il y a, c'est que ce garçon adore provoquer.

Marco est le meilleur ami de Jake, même si Jake est quelqu'un de sérieux, réfléchi et prévenant, qui s'efforce toujours de faire ce qui est juste, alors que Marco est sarcastique, capricieux, et qu'il est le moins enthousiaste des Animorphs. Il persiste à penser que nous devrions abandonner le combat contre les Yirks pour nous contenter d'essayer de rester en vie. Mais avec lui, on ne peut jamais savoir si c'est vraiment ce qu'il pense, ou s'il le dit uniquement par esprit de contradiction.

– Bon, on s'en va ? proposa Jake. J'ai des devoirs à faire.

– Moi aussi, fis-je. En plus, j'ai un cours de danse cet après-midi, et je n'ai pas du tout eu le temps de m'entraîner.

– Ce que ça peut être pénible, soupira Cassie. Tout le train-train quotidien, les devoirs, les interros qui nous tombent dessus aussitôt qu'on réintègre nos carcasses humaines.

A peine avait-elle fini de parler qu'elle se rendit compte qu'elle avait dit une bêtise. Elle lança un regard navré à Tobias.

Car si nous avions retrouvé nos corps, ce n'était pas le cas de Tobias. Il était resté un faucon. Tobias qui avait jadis une chevelure blonde aux mèches rebelles et des yeux qui semblaient tout à la fois tristes, tendres et remplis d'espoir.

Tobias s'était fait piéger en tentant de s'échapper. Il était resté plus de deux heures dans une animorphe.

Nous avions tous retrouvé nos silhouettes humaines, mais il était resté un rapace.

Tobias resterait pour toujours un rapace.

CHAPITRE
3

Nous avons fait ensemble presque tout le chemin pour rentrer chez nous, et nous nous sentions tous vraiment épuisés. Voler avait été un peu fatigant. Et l'animorphe vous pompe toujours pas mal d'énergie.

Tobias planait loin au-dessus de nos têtes. Il ne participait pas réellement à la conversation. Pour lui, c'est difficile.

Vous comprenez, il peut s'adresser à nous par la pensée et nous pouvons le comprendre, mais lorsque nous sommes dans nos corps d'humains, nous ne pouvons parler qu'en langage normal. Et il ne peut nous entendre que s'il est près de nous, mais dans ce cas, il ne peut plus voler.

– Cette histoire d'animorphe, ça pourrait vraiment être un truc fabuleux s'il n'y avait pas tout ce bazar avec les Yirks, commença Marco. Je veux dire, si les choses étaient normales, on pourrait réellement utiliser ces pouvoirs.

– Pour quoi faire ? Combattre le crime ? demanda Jake.

Marco le regarda avec un mélange de pitié et d'amusement.

– Combattre le crime ? Pour qui tu te prends, Spiderman ? Je parle de show business. De cinéma ! D'émissions de télé ! Je pourrais être la vedette d'un sitcom.

– Tu as raison, fis-je en battant exagérément des cils pour qu'il sache que je plaisantais. Tu es suffisamment idiot pour jouer dans ce genre de truc.

– On ferait un malheur dans les films d'épouvante, ajouta Cassie.

– Et si on jouait les cascadeurs ? suggéra Jake. L'un de nous pourrait se jeter du haut d'un gratte-ciel et, pendant la chute, il n'aurait plus qu'à morphoser en oiseau et à s'éloigner en volant.

– Maintenant, j'en veux vraiment aux Yirks, pesta Marco. Sans ces idiots de bigorneaux visqueux, je pourrais faire une carrière éblouissante dans le show-biz. Je pourrais être millionnaire. Je pourrais vivre entouré de top models !

– Hum, hum, fis-je, en lançant un clin d'œil à Cassie. Beaucoup de femmes adorent les animaux. Mais tôt ou tard, tu serais obligé de reprendre ta forme actuelle, Marco. Et là, sauve qui peut ! Tu les verrais détaler comme des lapins !

Nous marchions le long du boulevard qui borde le chantier de construction. C'est un immense terrain où se dressent des bâtiments à moitié achevés et parsemé de grues, de pelleteuses et de bulldozers rouillés. A l'origine, ça devait devenir un centre commercial, mais pour une raison ou pour une autre, les travaux n'ont jamais été terminés.

Nous n'avons pas pris le raccourci qui traverse le chantier, comme nous l'aurions pourtant fait, autrefois. Il faut vous dire que c'est sur ce chantier de construction que nous avons vu atterrir le vaisseau spatial du prince andalite. C'est ici que l'Andalite nous a averti de l'invasion des Yirks et nous a transmis nos pouvoirs spéciaux.

C'est également ici que nous avons vu le commandant des Yirks, Vysserk Trois, assassiner le prince andalite. Vysserk Trois est le seul Yirk qui possède comme nous le pouvoir de morphoser. Vysserk Trois est un Andalite-Contrôleur, ce qui signifie qu'il a un corps d'Andalite. Un humain-Contrôleur est un Yirk qui contrôle un corps humain. Un Taxxon-Contrôleur, un Yirk dans un corps de Taxxon. Il faut bien que vous soyez un peu au courant de ces choses.

Vysserk Trois est donc le seul Yirk qui ait jamais réussi à contrôler un corps d'Andalite. Il est aussi le seul Yirk capable de morphoser.

Cette nuit-là, sur le chantier de construction, il a morphosé en une créature d'une planète lointaine, un gigantesque et horrible monstre. Puis il a saisi l'Andalite, et...

Pour tout vous dire, je n'ai vraiment pas envie de parler de ça... Demandez plutôt à Jake.

Nous sommes tous devenus silencieux en passant devant le chantier. Puis, je m'aperçus que Cassie s'était arrêtée et restait immobile, quelques mètres en arrière. Je revins vers elle et vis qu'elle pleurait.

– Ça va ? m'inquiétai-je.

– Non. Et toi ?

Je soupirai. Notre petite échappée dans le ciel avait été une merveilleuse récréation. Mais ma tête était encore pleine de souvenirs atroces.

– Je crois que moi non plus, admis-je. La nuit dernière, j'ai fait un terrible cauchemar à propos du

Bassin yirk. J'étais de nouveau là-bas, sous terre. Sous terre, dans cette immense caverne. Et j'entendais les gémissements et les cris des malheureux qu'on traînait jusqu'au bassin.

Cassie hocha la tête.

– Tu sais ce qui est pire que les cris ? C'est la façon dont ils cessent de crier une fois que le Yirk est entré dans leur tête. Une fois qu'ils sont devenus des Contrôleurs. Parce qu'alors, tu sais qu'ils sont à nouveau des esclaves. Qu'ils ne peuvent plus rien faire.

– Comme Tom.

Nous nous sommes retournées toutes les deux. C'était Jake. Lui et Marco s'étaient aperçus que nous ne les suivions plus et ils étaient revenus en arrière.

Tom est le frère de Jake. Tom est un humain-Contrôleur, un humain réduit en esclavage par le Yirk qui est dans sa tête. Nous avions trouvé le repaire souterrain qui abrite le Bassin yirk et nous étions descendus dans cet enfer pour délivrer Tom. Nous avions échoué. Nous avions tout juste réussi à nous en sortir vivants.

Cassie passa son bras autour de la taille de Jake.

– Un jour nous sauverons Tom, promit-elle.

D'un geste gauche, Jake fit mine de caresser la

tête de Cassie. Je pense qu'il dut se sentir embarrassé, parce qu'il retira aussitôt sa main. Ça ne gêna pas Cassie. Elle sait comment sont les garçons quand ils sont sur le point d'exprimer leurs véritables sentiments.

Je promenai mon regard sur le chantier abandonné et vis Tobias descendre du ciel en battant des ailes. Je ne pus pas voir où il avait atterri parce qu'on ne peut pas voir cette partie du terrain de la route. Mais je savais exactement où il était : à l'endroit précis où l'Andalite avait trouvé la mort.

Je ne sais pas pourquoi, mais pendant les brefs instants où l'Andalite avait été parmi nous, il s'était formé un lien particulier entre Tobias et lui.

Nous nous sommes remis en route.

— Il faut qu'on trouve un autre moyen de les attaquer, dis-je en dominant ma colère.

Ça me rendait vraiment malade d'imaginer Tobias revenant pleurer la mémoire de l'Andalite au milieu de ce labyrinthe de carcasses d'immeubles inachevés.

— Attaquer qui ? demanda Marco d'un air soupçonneux.

— Les Français, Marco, ricanai-je. Qui donc, à ton avis ? Les Yirks, tiens !

– Ouarf, ouarf, ouarf ! s'exclama Marco. On a déjà essayé, vous vous souvenez ? On est descendu au Bassin yirk et on s'est proprement pris une raclée. Yirks dix, humains zéro !

– Alors tu crois qu'il faudrait simplement laisser tomber ? lui demandai-je.

– On a juste perdu un match, intervint Jake. Tu n'abandonnes pas un championnat parce que tu as perdu un match !

– Tel match, tel championnat, prédit amèrement Marco.

– De toute façon, nous n'avons pas perdu, fis-je remarquer.

Les autres me regardèrent comme si j'étais folle.

– Écoutez, expliquai-je, je sais que nous n'avons pas sauvé Tom et, c'est sûr, nous n'avons pas stoppé les Yirks. Mais, en fin de compte, nous leur avons donné une raison d'avoir peur.

– Ouais, on les terrorise, ça c'est clair. Sûr que Vysserk Trois n'en dort plus la nuit, tellement ça doit le travailler d'avoir cinq morveux aux fesses, ricana Marco. Tu veux que je te dise, pour Vysserk Trois, on n'est même pas une menace. Il doit plutôt nous prendre pour un casse-croûte.

– Il ne sait pas qui ou ce que nous sommes, ajoutai-je. Les Yirks sont convaincus que nous sommes des guerriers andalites parce qu'ils savent que nous pouvons morphoser. Et ils savent aussi que nous avons trouvé le Bassin yirk, que nous nous y sommes infiltrés et que nous avons éliminé quelques-uns de leurs Taxxons et de leurs Hork-Bajirs en passant. Je crois que ça doit les rendre un peu nerveux, malgré tout.

– Rachel a raison, approuva Jake. Mais pour autant, je ne pense pas que nous ayons très envie d'essayer de retourner au Bassin yirk. D'ailleurs… la porte n'est plus là.

Nous nous sommes tous arrêtés et nous avons fixé les yeux sur lui.

Il haussa les épaules.

– Écoutez, je voulais juste voir si la porte fonctionnait toujours, d'accord ? Juste au cas où. Mais elle n'est plus là.

La porte qui permettait de descendre au Bassin yirk était dissimulée dans le débarras du concierge de notre collège. Des dizaines de portes répandues à travers la ville donnaient accès au Bassin yirk souterrain, mais celle-là était la seule dont nous connaissions l'emplacement.

– Nous devons donc trouver une autre entrée, dis-je. Nous pouvons à nouveau suivre Tom, au moment où son Yirk devra retourner au Bassin.

Les Yirks sont obligés d'aller dans le bassin tous les trois jours. Ils se glissent alors hors des têtes de leurs hôtes et nagent en s'imprégnant de rayons du Kandrona.

– Non. On laisse Tom en dehors de ça, décréta Jake d'une voix ferme. Si on attire l'attention sur lui de quelque façon que ce soit, les Yirks peuvent se dire qu'il risque de leur attirer des problèmes, et ils peuvent décider de le tuer.

Marco me lança un regard sombre.

– C'est ça que tu veux continuer à faire ? Risquer nos vies et les vies de tous les gens qu'on connaît ? Et pourquoi ?

– Pour la liberté, répondit simplement Cassie.

Tout futé qu'il était, Marco ne trouva rien à répliquer.

– Il reste toujours Chapman, fit observer Jake.

Chapman est le directeur de notre collège. C'est aussi un des plus importants humains-Contrôleurs. Il dirige le Partage, un club qui leur permet de recruter des gens sans méfiance afin d'en faire des hôtes pour les Yirks.

– S'il y avait un moyen qui nous permette de nous approcher de Chapman…

Jake laissa sa phrase en suspens. Il évita soigneusement de me regarder. Mais il savait très bien où il voulait en venir. Il y pensait à l'évidence depuis un moment.

– Melissa ? demandai-je.

– C'est une possibilité, avoua-t-il.

Il faut vous dire que Melissa Chapman, la fille de Chapman, le directeur de notre collège, est une de mes meilleures amies. Ou du moins elle l'était. Au cours de ces derniers mois, elle s'était comportée d'une façon très bizarre envers moi. Comme si je ne l'intéressais plus. Nous faisons de la danse ensemble. En fait, nous nous y sommes mises en même temps. Histoire de faire quelque chose ensemble, quoi, vous voyez.

– Je n'aime pas me servir de mes amis de cette façon, déclarai-je.

– Tiens, tiens, voilà soudain la grande Rachel qui se défile, ironisa Marco. Tu n'aimes pas te servir de tes amis ? Mais ça ne te dérange pas de risquer ma vie.

– C'est sûr, Marco, mais qui a dit que tu étais mon ami ?

41

— Très drôle, fit-il.

Mais en même temps, il avait l'air un peu blessé.

— C'était pour rire, Marco. Juste pour rire. Bien sûr que tu es mon ami. Mais tu es un Animorph. Melissa n'est qu'une spectatrice innocente.

— J'aimerais n'avoir jamais trouvé ce mot, soupira Marco. Animorph. Ne me le répétez pas trop souvent.

— Rachel, le père de Melissa est un des principaux Contrôleurs, ajouta doucement Jake en ignorant Marco. Elle est impliquée elle aussi, qu'elle le veuille ou non.

J'avais un goût amer dans la bouche. Bien sûr, Jake avait raison. Il était logique que nous suivions Chapman. Et Melissa allait nous permettre de nous en approcher. C'était logique. C'était logique pour moi de trahir une vieille amie.

Et de me sentir coupable.

CHAPITRE

4

Le jour suivant, après l'école, je me rendis à mon cours de danse, au centre sportif qui se trouve près du centre-ville. Il y a une grande piscine couverte dans ce centre, si bien que tout le bâtiment empeste le chlore en permanence. A l'exception de la salle de musculation qui sent seulement la sueur !

Mon cours a lieu dans une salle plus petite.

Ce n'est pas un cours de danse vraiment sérieux. Ce que je veux dire, c'est qu'aucune de nous ne finira jamais à l'Opéra. Quand j'ai commencé, je rêvais de devenir une danseuse étoile. Mais ensuite, j'ai abandonné cet espoir. En me voyant, les gens disent : « Oh, tu vas devenir mannequin », mais pas : « Oh, tu pourrais être danseuse. »

Nous venons au cours pour le plaisir et pas pour faire de l'exercice. J'y vais parce que je me suis toujours trouvée un peu empotée. Ma mère dit que ce n'est pas vrai, mais en tout cas c'est vraiment ce que je ressens.

D'un autre côté, c'est tout simplement agréable de faire des sauts et des enchaînements. Pas aussi agréable que de voler, peut-être, mais le plaisir est exactement le même.

Melissa Chapman était dans le vestiaire en train d'enfiler son justaucorps quand je suis arrivée. Elle est l'exception à la règle dans notre cours. Elle a vraiment l'air d'être une danseuse. Elle est petite et mince, bien qu'elle ne se laisse pas mourir de faim comme certaines idiotes qui veulent réussir à tout prix dans la danse. Elle a des yeux gris pâle, des cheveux blond pâle et une peau au teint pâle. On dirait un de ces elfes solennels qu'on rencontre dans les livres de Tolkien.

Au premier abord, elle paraît délicate, mais quand on la regarde de plus près, on voit qu'il y a aussi de la force en elle.

Melissa m'adressa le même genre de sourire sans chaleur qu'elle m'adressait toujours, ces derniers temps. Comme si elle était distraite, ou qu'elle pensait à des choses plus importantes.

– Salut Melissa, fis-je. Comment ça va ?

– Très bien. Et toi, qu'est-ce que tu racontes ?

– Oh, rien de bien neuf.

Bien entendu, c'était un mensonge. Mais que pouvais-je lui dire ? Non, Melissa, rien de neuf. Toujours le même train-train : se changer en animaux et combattre des extraterrestres. La routine, quoi !

Melissa n'ajouta rien. Elle se contenta d'ajuster son collant et commença à faire quelques étirements. Voilà où nous en étions. On se disait salut, mais ça n'allait pas plus loin. Pourtant, nous avions été très proches. Elle était ma deuxième meilleure amie, après Cassie.

– Melissa, je pensais que… ça te dirait peut-être d'aller faire un tour dans le centre-ville avec moi après le cours ? Je dois m'acheter une nouvelle paire de chaussons de danse.

– Le… le centre-ville ? fit-elle en bafouillant légèrement, puis elle se mit à rougir. Tu veux dire, aller faire les boutiques ?

– C'est ça. Tu sais bien : se balader en faisant du lèche-vitrines, regarder les garçons et se moquer d'eux.

Je m'efforçai de paraître désinvolte, mais j'étais

mal à l'aise, et Melissa avait l'air d'un animal pris au piège.

Quand donc étions-nous devenues ainsi des étrangères l'une pour l'autre ?

– C'est que, heu... j'ai pas mal de choses à faire, bredouilla-t-elle.

– Bon, c'est pas grave. Je comprends.

Mais c'était faux, je ne comprenais pas. Pas du tout. Elle commença à partir. J'allais laisser tomber, et puis je me suis souvenue : il ne s'agissait pas seulement d'essayer de renouer avec une amie qui s'était éloignée. Avant tout, il était question de son père, un des chefs des Contrôleurs. Un de nos plus dangereux ennemis.

Je la pris par le bras.

– Écoute, Melissa... J'ai l'impression qu'on a pris chacune une route différente, si tu vois ce que je veux dire. Et tu me manques.

Elle haussa les épaules.

– Bon, d'accord, on pourrait peut-être se voir un de ces jours.

– Pas un de ces jours, Melissa. Ça, c'est juste pour te débarrasser de moi. Qu'est-ce qu'il t'arrive ?

– Qu'est-ce qu'il m'arrive ? répéta-t-elle.

Durant un instant, une extraordinaire expression de tristesse assombrit son regard et tira les coins de sa bouche vers le bas.

– Il ne m'arrive rien, reprit-elle enfin. On ferait mieux de sortir d'ici, ou la prof va piquer une crise.

Elle retira son bras.

Je la regardai s'éloigner sans réagir. Je me faisais l'effet d'être la reine des imbéciles. Il était arrivé quelque chose à Melissa. Et je ne m'en étais même pas aperçue. Elle était mon amie, quelque chose avait changé en elle, et je ne l'avais pas vu. Je m'étais simplement détournée d'elle.

Et maintenant, je me contentais de jouer les amies inquiètes. Mais en vérité, si je m'intéressais à elle, c'était uniquement pour mes propres intérêts.

Je n'arrivai pas à me concentrer pendant la leçon. Manquer de concentration quand on fait de la danse peut être dangereux. Je glissai et me cognai le genou si rudement sur le sol que je ne pus réprimer un cri.

Melissa fut la première à se précipiter. Et pendant environ une dizaine de secondes, je retrouvai ma bonne vieille copine. Mais le temps que je me sois relevée, elle était repartie à l'autre bout de la salle, dans son petit monde à elle.

C'est à cet instant que je sentis poindre le terrible soupçon.

Melissa avait un comportement très étrange. Son père était un Contrôleur.

Je la regardai de l'autre côté de la salle et sentis un frisson me parcourir.

Et si elle en était un, elle aussi ? Melissa, ma vieille copine, était-elle un Contrôleur ?

Je n'allai pas faire de courses après le cours. Je n'en avais plus vraiment envie. Les yeux de Melissa, la façon dont elle m'avait regardée m'avaient enlevé l'envie d'acheter quoi que ce soit.

J'étais censée aller au centre-ville, puis passer un coup de fil à ma mère quand je serais prête pour qu'elle passe me prendre. C'est ce qui était prévu. Mais puisque ça ne me disait plus rien de faire les boutiques, je suis directement rentrée à la maison. Seule. Pendant que de lourds nuages commençaient à assombrir le ciel.

C'était stupide et imprudent de rentrer ainsi seule. Mais je crois que j'avais d'autres choses en tête. Cependant, j'eus au moins le bon sens d'éviter le chantier de construction abandonné.

Je marchais sur le trottoir le long du boulevard,

quand je réalisai soudain qu'une voiture s'était arrêtée un peu plus loin, au bord de la chaussée. Un type en sortit. Il avait l'air d'être un lycéen, ou même un étudiant. Il avait aussi l'air inquiétant.

J'aurais dû faire demi-tour et revenir en courant vers le centre-ville. Mais il m'arrive parfois de ne pas faire ce que me dicte le bon sens. Et il m'arrive aussi de le regretter. Ce fut le cas, cette fois-ci.

— Eh, poupée ! me lança-t-il. Tu veux faire un tour ?

Je secouai la tête et serrai mon sac de danse sur ma poitrine. Quelle idiote ! Pourquoi étais-je toujours si imprudente ?

— Allez, arrête ta frime, ma jolie, insista-t-il. Tu sais, je crois que tu ferais mieux de monter dans la bagnole.

Dans sa bouche, ça ne sonnait pas comme une invitation, mais plutôt comme un ordre. A présent, j'avais réellement peur.

Je passai devant lui en me cramponnant plus que jamais à mon sac de danse.

— Réponds-moi quand je te cause ! hurla-t-il.

Il tendit le bras pour m'empoigner au passage, mais je lui glissai entre les doigts. J'accélérai le pas. Il me suivit.

Je me mis à courir. Il s'élança à ma poursuite.

– Hé là, ne te sauve pas ! Reviens ici !

J'avais été vraiment stupide de rentrer seule. Mais heureusement, à la différence de la plupart des gens, je n'étais pas sans défense.

Tout en courant, je formai une image dans mon esprit et je me concentrai sur elle.

Bientôt, je sentis le changement se produire. Mes jambes s'épaissirent. Mes bras grossirent. Je me sentais devenir de plus en plus grande. Grande et forte. J'éprouvai une impression désagréable en sentant la peau de mes oreilles s'amincir et prendre l'aspect du cuir.

Mais ça n'était pas assez pour me rendre vraiment terrifiante. Cet abruti m'avait rendue folle de rage. Je voulais lui flanquer la trouille de sa vie.

Mon nez se mit soudain à pousser. Puis, surgissant telles deux puissantes lances de ma bouche, les défenses firent leur apparition. J'estimai que ça devait suffire. J'arrêtai de me concentrer, ce qui suspendit l'animorphe.

Je stoppai brusquement. Mon agresseur faillit me rentrer dedans.

Il n'allait pas aimer ce qu'il allait découvrir.

CHAPITRE

5

J'avais l'intention de donner une petite leçon à ce malade. Ce que je voulais lui dire, c'était : « Alors, tu veux toujours la faire, cette petite balade ? »

Mais ce qui sortit de ma bouche, ce fut plutôt quelque chose comme : « Hhhohh Haaaarrr ! »

Le type stoppa net. Les yeux écarquillés.

Ce qu'il vit, c'était moi, à moitié morphosée en éléphant d'Afrique. J'avais environ un tiers de trompe et la presque totalité de mes gigantesques oreilles en éventail. Mes jambes étaient comme des souches d'arbre. Mes bras ressemblaient à ceux d'Arnold Schwarzenegger, mais en gris. Et les défenses qui jaillissaient de ma bouche mesuraient quelque trente centimètres de long. Enfin, juste pour ajouter une petite touche surnaturelle à l'ensemble, j'avais conservé ma chevelure et mes yeux normaux.

Tout d'un coup, le type ne sembla plus du tout avoir envie de m'embêter.

– Aaaahhhh !

Il fit demi-tour et s'enfuit en courant. Dans un premier temps, il en oublia même qu'il avait une voiture. Puis il revint sur ses pas et plongea par une vitre ouverte.

Il fit rugir le moteur et la voiture fila en pulvérisant la limitation de vitesse.

Je me concentrai à nouveau afin d'inverser le processus de l'animorphe et de retrouver une forme humaine.

Je portais un pull ample et un caleçon qui étaient intacts. Leur élasticité leur avait permis de s'étirer. Mais mes chaussures avaient éclaté sous la pression soudaine de mes pieds d'éléphant.

Il s'était mis à pleuvoir, et le trajet de retour jusqu'à la maison promettait d'être très désagréable.

– Ah, bravo ! murmurai-je. Il faudrait vraiment que je me souvienne de me déchausser avant de morphoser en éléphant.

Juste à ce moment, une deuxième voiture arriva et s'arrêta à ma hauteur. La vitre du côté passager s'abaissa.

– Hé, Rachel ! Tu veux qu'on te ramène chez toi ?

Je reconnus la voix de Melissa, mais le ton de sa proposition ne trahissait pas un enthousiasme excessif. Je jetai un coup d'œil pour savoir avec qui elle était.

Chapman était au volant.

Une vague de terreur déferla sur moi. Avait-il vu ce que je venais de faire ? Si oui, j'étais morte. Mes amis étaient morts.

– Je… tout va bien, merci, bafouillai-je. Je voulais profiter du trajet pour faire un peu d'exercice.

– Ne dis pas de bêtises, jeune fille, rétorqua Chapman, de sa voix habituelle de directeur de collège. Il commence à pleuvoir. Monte.

Que pouvais-je faire ? Je me forçai à sourire, ce qui ne fut pas facile, avant de dire merci et de monter dans la voiture.

Melissa étant assise devant avec son père, je pris place à l'arrière. J'essayai de ne pas trembler. De ne pas garder les yeux rivés sur Chapman. C'est toujours comme ça quand vous êtes en présence d'un Contrôleur. Vous savez que cette maudite limace est exactement là, dans la tête du Contrôleur, maîtrisant toutes ses terminaisons nerveuses. Contrôlant et dominant le cerveau humain.

C'est difficile de détourner les yeux quand vous songez à ce qui est logé à l'intérieur de ce crâne.

– Pendant qu'on était arrêtés au feu rouge, on a eu l'impression qu'il y avait un type qui t'embêtait, remarqua Melissa. Et puis il est parti en courant. Il te voulait quelque chose ?

– Heu… non, mentis-je. Il ramassait juste un truc qu'il avait laissé tomber sur le bord de la route.

C'était pathétique ! Quelle menteuse pitoyable je faisais !

Je vis Chapman qui me regardait dans le rétroviseur. Il ressemblait en tout point au bon vieux Chapman.

C'est ça, le problème, avec les Contrôleurs. Aucun signe extérieur ne les distingue des autres personnes. Ils ont l'air parfaitement normaux.

– Il a fui comme si tous les chiens de l'enfer étaient à ses trousses, fit observer Chapman.

– Ah bon ? dis-je d'une petite voix aiguë. Je ne regardais pas. Je suppose que c'est à cause de la pluie. C'est sans doute pour ça qu'il courait… C'est ici. Vous pouvez tourner à gauche, là.

– Je sais où tu habites, fit Chapman.

Je faillis m'étrangler. Était-ce une menace voilée ?

Avait-il des soupçons ? Avait-il deviné ? Ne me regardait-il pas bizarrement ?

Ou est-ce que j'étais simplement paranoïaque ?

Il me déposa devant chez moi. Mon cœur battait à cent à l'heure, mais je m'efforçai de ne rien laisser paraître.

– Merci de m'avoir ramenée, monsieur Chapman, fis-je poliment. Au fait, Melissa, j'étais sérieuse quand je parlais de nous voir, tu serais d'accord ?

– Bien sûr, Rachel. Tout à fait.

Je refermai la porte de la voiture derrière moi. Je m'en étais sortie. J'étais vivante. Je m'étais sans doute inquiétée pour rien.

C'est alors que j'entendis Melissa qui m'appelait.

– Hé ! Qu'est-ce qui est arrivé à tes chaussures ?

Je baissai les yeux. Elles étaient en lambeaux, elles n'avaient pas supporté que la taille de mes pieds augmente d'une centaine de pointures en l'espace de cinq secondes.

– Tu vois ? répliquai-je d'un air aussi dégagé que possible. Je t'avais bien dit que j'avais besoin de faire des courses !

Melissa parut simplement surprise. Son père me fixa avec une expression que je ne pus interpréter.

Je tremblais comme une feuille lorsque je franchis la porte de chez moi. Je montai l'escalier jusqu'à ma chambre et jetai à la poubelle ce qui restait de mes chaussures, avant de redescendre dire bonjour à ma mère. Elle était assise à la table de la cuisine, à moitié cachée derrière une pile de livres. Ma mère est avocate, et elle emporte beaucoup de travail à la maison afin de pouvoir passer un maximum de temps avec moi et mes deux petites sœurs. Elle et mon père sont divorcés. Je ne peux voir mon père que quelques jours par mois, c'est pour ça que maman se sent coupable lorsqu'elle n'est pas là pour s'occuper de nous.

— Bonjour, chérie, fit-elle, avant de prendre son air de mère soupçonneuse. Comment es-tu rentrée ? Tu n'es pas revenue à pied, n'est-ce pas ? Tu devais m'appeler.

— Melissa et son père m'ont raccompagnée, expliquai-je.

Ce qui, après tout, n'était que la vérité. Ou presque.

Elle se détendit et referma son livre.

— Excuse-moi. Tu sais combien je me fais du souci pour toi.

— Où sont Kate et Sara ?

— Elles sont dans le séjour, encore en train de

regarder un de ces films d'horreur. Bien entendu, tu peux parier que, cette nuit, Kate va dormir avec la lumière allumée et que Sara va se retrouver dans mon lit. Je ne comprends pas comment elles peuvent aimer des choses qui les terrifient. Tu n'as jamais été comme ça.

Ça me fit presque rire. J'aurais voulu pouvoir lui dire : tu sais, maman, je n'ai pas besoin de regarder des choses qui me terrifient, je suis terrifiante moi-même. Si tu m'avais vue, tout à l'heure, avec des défenses qui sortaient de ma bouche et un nez de près d'un mètre de long !

En réalité, je me contentai de lui demander :

– Bon, et qu'est-ce qu'on mange, ce soir ?

Ma mère fit la grimace.

– Pizza ? Plats chinois ? Tout ce que tu voudras, du moment qu'on peut le commander par téléphone. Je suis désolée, mais j'ai ce dossier sur les bras et je dois plaider demain matin au tribunal.

– Tu sais, maman, lui répétai-je pour la millième fois peut-être, je n'ai rien contre la pizza. Je suis navrée, mais tes talents de cuisinière étant ce qu'ils sont, ça ne me dérange vraiment pas de commander une pizza.

– Bon, prends-en au moins une avec autre chose que du fromage et du jambon, soupira-t-elle.

Après le dîner, j'appelai Jake.

– Tu veux passer ? lui proposai-je. J'ai acheté le nouveau CD dont je t'avais parlé, si tu veux l'écouter.

Bien entendu, ce CD n'existait pas. Nous devions simplement toujours être prudents. Comme je vous l'ai dit, Tom, le frère de Jake, est un Contrôleur. Il aurait pu écouter sur un autre téléphone. Ensuite, j'appelai Cassie et Marco et je leur fis exactement la même proposition.

Lorsqu'ils furent tous là, je leur parlai de Melissa, puis je leur racontai l'épisode avec l'autre malade. Je ne leur dis pas que Chapman m'avait raccompagnée chez moi. Je ne sais pas pourquoi. Mais quand Marco se mit en colère, je me réjouis de ne pas leur avoir raconté toute l'histoire.

– Non, mais c'était débile ! Débile ! DÉBILE ! hurla-t-il. Qu'est-ce qu'il se serait passé si ce type avait été un Contrôleur ?

– Ce n'était pas un Contrôleur, répondis-je avec mépris. Pourquoi les Yirks iraient-ils chercher un petit voyou pour en faire un Contrôleur ? Ils ont besoin de personnes influentes.

– Nous n'en sommes pas certains, objecta Jake. Tom n'est pas vraiment une personne influente.

– Et tu as pensé aux gens qui pouvaient passer dans la rue, et à ceux qui regardaient par les fenêtres de leurs maisons ? insista Marco. Et si ton type fonce raconter à quelqu'un qu'il a vu une nana se laisser soudain pousser une trompe et des défenses ?

– Personne ne le croira s'il raconte ça, fis-je.

– Ses amis ne le croiront pas, admit perfidement Marco. Mais un Contrôleur le croirait sûrement. Un Contrôleur saurait ce que ça signifie.

Oui. Un Contrôleur saurait ce que ça signifiait. Un Contrôleur comme Chapman. Ou même Melissa, si elle était des leurs.

J'avais la nausée. C'était comme si toute ma vie n'était qu'une succession de mensonges. Je mentais à Melissa. Je mentais à ma mère. Maintenant, je mentais aux autres en ne leur disant pas toute la vérité.

– Bon, d'accord, j'ai gaffé, murmurai-je.

– Tu peux le dire ! s'exclama Marco. Tu as si bien gaffé que…

– Marco, laisse tomber, intervint Jake. Rachel sait qu'elle a fait une erreur. Nous faisons tous des erreurs.

Marco me lança un regard furieux.

Cassie me fit un sourire rassurant, avant d'ajouter :

– C'est sûr que c'était idiot d'aller te fourrer dans une situation pareille, Rachel. Tu devras être plus prudente, à l'avenir. N'empêche que j'aurais bien donné mes dix prochains mois d'argent de poche pour voir la tête que cet imbécile a dû faire !

– Ce qui est important dans tout ça, c'est qu'il ne semble pas que Rachel puisse se servir de Melissa pour approcher Chapman, remarqua Jake. Pas si elle est elle-même un Contrôleur. Ni si elle continue à se comporter bizarrement vis-à-vis de Rachel.

– Je crois en effet qu'on va devoir trouver un autre moyen, ajoutai-je. En fait, nous savons où est le bureau de Chapman et où il habite. Alors, il suffirait peut-être qu'on morphose en n'importe quel petit animal pour l'espionner.

– Quel genre de petit animal ? demanda Marco. Quand Jake s'est changé en lézard, il s'est fait marcher dessus et y a laissé sa queue. En quoi d'autre voulez-vous morphoser ? En cafard ?

Cette idée nous fit tous frissonner. Jamais aucun d'entre nous n'avait morphosé en quoi que ce soit de plus petit ou de plus étrange que le lézard de Jake. Et déjà, ça l'avait drôlement traumatisé. Un cafard, ça serait encore pire.

– Le problème, avec les cafards, repris-je, en dehors du fait que c'est trop répugnant à imaginer, c'est que si ça se trouve, ça ne nous servirait à rien du tout. Est-ce qu'un cafard entend d'une façon qui nous permettrait de comprendre ce qui se dit ?

Nous nous sommes tous tournés vers Cassie. Elle est en quelque sorte notre expert en animaux.

Elle leva les mains.

– Oh, doucement. Comment voulez-vous que je sache ce qu'un cafard peut voir et entendre ? On ne soigne pas les cafards à la clinique !

Nous sommes restés assis, sombres et silencieux, pendant quelques minutes. Mais je n'allais pas rester sans rien faire. Il ne s'agissait pas seulement d'une attaque contre les Yirks. Il fallait que je sache si Chapman me suspectait. Si c'était le cas, nous courions tous un terrible danger.

Mon regard alla se poser sur mon bureau. Mon devoir de maths était rangé dessus, toujours pas fait. Puis je regardai les photos que j'avais mises dans des cadres. Sur l'une d'elles, on me voyait avec ma mère et mon père à bord d'un radeau de rafting au cours

61

d'une descente de rapides. Sur une autre, je rendais visite à mon père à son travail – il est présentateur météo à la télé. On souriait tous les deux devant une carte de perturbations. Il y avait aussi un cliché de Cassie et moi chevauchant côte à côte, Cassie donnant comme toujours l'impression d'avoir passé toute son existence sur une selle, tandis que j'avais tout l'air d'un crapaud sur une boîte d'allumettes.

Mais celle qui attira mon attention était une photo de Melissa et moi prise deux ans plus tôt.

Je me levai et allai décrocher le cadre du mur pour l'examiner avec attention.

– Qu'est-ce qu'il y a ? fit Jake. Qu'est-ce que c'est ?

– C'est Melissa et moi, expliquai-je. Ça devait être son douzième anniversaire, ou quelque chose comme ça, peu importe, et on était en train de jouer sur sa pelouse avec le cadeau que son père lui avait offert.

– Et alors ? demanda Marco.

– Alors…

Je lui passai la photo. On y voyait Melissa et moi, en short. Et, entre nous deux, un petit chaton noir et blanc.

– Alors, son cadeau était un chat.

CHAPITRE
6

– **R**egarde, une chatière ! s'exclama Jake.

– Où ça ? demanda Marco.

– Tu vois les rayons de lumière ? Au pied de la porte d'entrée.

– Ah, ouais. J'aimerais que la lune soit levée. J'y vois rien.

Nous étions tapis tous les quatre derrière une haie qui bordait la pelouse des Chapman. Ils vivaient dans un joli pavillon de banlieue on ne peut plus banal : un étage, un garage et une pelouse. Rien qui puisse laisser penser que l'occupant des lieux participait à un vaste complot extraterrestre visant à asservir l'univers.

– Je voudrais juste vous poser une question, chuchota Marco. Pourquoi faut-il que ce soit Chapman ? Ce type me terrifiait déjà bien avant qu'on ait découvert que c'était un Contrôleur.

– Tu ne t'es toujours pas remis de la colle qu'il t'a donnée ? m'étonnai-je. Dis-toi que quand tu veux écouter de la musique sur ton baladeur pendant le cours de maths en dissimulant les écouteurs sous tes cheveux, il faudrait peut-être que tu penses aussi à éviter de te mettre à chanter en même temps !

– Ouais, c'était pas très malin, Marco, ajouta Jake.

– N'empêche que Chapman ne m'aurait jamais donné des heures de colle pour une semaine entière s'il avait été tout à fait humain.

– Une petite question, intervint Cassie. Comment allons-nous faire sortir le chat de Melissa ?

Nous nous sommes tous tournés vers elle.

– Bonne question, admis-je.

– Ce qu'il y a, c'est qu'on peut rester planqués dans les buissons un bon moment, mais tôt ou tard, on va finir par se faire repérer par les voisins.

< A quoi il ressemble, ce chat ? >

Tobias était perché sur une branche d'arbre à proximité, assez près pour pouvoir nous entendre.

Je fouillai ma mémoire.

– Il s'appelle Micha, c'est à peu près tout ce dont je me souviens. Micha du Rôminet.

– C'est ça, c'est ça… ricana Marco.

J'essayai de me souvenir du temps où je sortais beaucoup avec Melissa.

– Il est noir et blanc. Vous savez, avec des taches.

< Je vais chercher dans les environs. Peut-être qu'il est déjà dehors. >

Tobias déploya ses ailes, plongea sans bruit au-dessus de nos têtes et s'envola dans la nuit.

– Vous savez ce qu'il nous faudrait ? suggérai-je. C'est un autre chat. On aurait dû y penser. On aurait pu s'en servir pour qu'il attire Micha.

Marco se tourna vers moi.

– MichaMiaw ! Tu miawviens miawjouer avec miaw ?

– Tobias a déjà morphosé en chat, non ? deman-dai-je.

– Ouais, confirma Jake. Ça a été sa première ani-morphe. La toute première animorphe qu'un de nous a jamais tentée.

– Rachel, si tu entres dans cette maison cette nuit, tu dois te souvenir qu'il faut que tu restes jusqu'au bout dans ton personnage de chat, me prévint Cassie. S'ils voient un chat se comporter bizarrement, la plupart des gens ne vont pas s'inquiéter. Mais s'il remarque que Micha cesse soudain d'agir comme un chat, Chapman est bien capable d'avoir de sérieux doutes.

– Tu veux dire qu'il vaudrait mieux que j'évite de manger avec une fourchette et de changer de chaîne quand je regarderai la télé ?

Tout le monde pouffa de rire. D'un rire étouffé et nerveux, mais un rire tout de même.

Soudain, Tobias surgit de la nuit. Il décrivit en planant un lent cercle au-dessus de nos têtes, avant de lancer :

< Je l'ai trouvé ! >

Il retourna se poser sur sa branche. C'était réellement un animal fascinant, si on le considérait simplement comme un oiseau, sans penser qu'il s'agissait d'un garçon pris au piège dans un corps de faucon. Il faut savoir que, lorsqu'il le braque droit sur vous, le regard d'un rapace est incroyablement intimidant. Si bien que le gentil, le doux Tobias avait désormais une expression de pure férocité.

– Tu nous fais marcher. Tu as vraiment trouvé Micha ? m'étonnai-je, sans y croire.

< Arrête, y a rien de plus facile ! Guetter des proies, c'est ce que je passe mon temps à faire. Enfin, c'est ce qu'un faucon passe son temps à faire, en tout cas. En ce moment, il y a peut-être six ou huit chats qui rôdent dans le coin. Et aussi trois chiens, plus une quantité ahurissante de rats et de souris. >

– Des rats ? s'exclama Marco avec un intérêt soudain. Des rats, ici ? Mais on est en pleine banlieue résidentielle. J'veux dire, comme quartier, c'est vachement plus friqué et tout que là où j'habite. Et y a des rats ?

< Il y a des rats partout. Des rats, des souris de toutes sortes : dodues, succulentes… >

Tobias n'acheva pas sa phrase, on le sentit soudain embarrassé.

– Domine-toi, Tobias, grogna Marco. Commence pas à croquer des rats, tu veux ? Je sais pas si je serais capable de rester l'ami d'un mec qui bouffe des rats.

Parfois, Marco est drôle. Parfois, il va trop loin. Cette fois, il était allé trop loin.

– Ferme-la, Marco, fis-je.

– J'ai gobé une araignée vivante, remarqua Jake. Est-ce que ça veut dire qu'on ne peut plus être amis, toi et moi ?

Au son de sa voix, il était manifestement lui aussi en colère.

Aucun de nous ne savait ce que pouvait vivre Tobias. Aucun de nous n'a jamais morphosé plus de deux heures. Tobias était un faucon depuis plus d'une semaine.

Marco réalisa qu'il avait été nul.

— Bon, d'accord, je crois que tu as raison, marmonna-t-il. Après tout, j'ai déjà bouffé des aubergines, alors j'imagine que j'ai rien à dire.

C'était des excuses, ou du moins, venant de Marco, ce qui s'en approchait le plus.

< Le chat qu'on cherche n'est pas loin d'ici, déclara Tobias. Suivez-moi. >

Il s'envola, mais resta à quelques mètres du sol. Nous nous sommes élancés derrière lui. Même en volant aussi lentement que possible, Tobias était trop rapide pour que nous puissions le suivre, aussi devait-il décrire des cercles pour nous attendre. Et même comme ça, nous avions beaucoup de mal à ne pas le perdre de vue.

— Vous ne croyez pas qu'on doit avoir l'air un peu étranges, plaisanta Cassie, à descendre tous les quatre la rue en courant, le nez en l'air ?

< C'est ici, annonça Tobias. Vous voyez ce jardin entre les deux arbres ? >

— Ouais. Tout de suite sur notre gauche ?

< C'est ça. Votre chat est en train de traquer une souris, juste derrière le tronc de l'arbre le plus proche. >

– Bon, on ne peut pas aller tous ensemble dans le jardin d'un inconnu, fis-je remarquer. J'y vais avec Cassie.

Marco nous tendit la panière que nous avions apportée pour transporter le chat.

– Vous n'avez pas besoin de ça ?

– Pas encore. J'attraperai Micha et je le ramènerai ici. Vous autres, vous restez là et vous prenez un air dégagé.

Je m'avançai avec Cassie sur la pelouse. La maison était dans l'obscurité. Peut-être n'y avait-il personne. Ça serait parfait.

– Passe à gauche, dis-je à Cassie.

Nous avons tourné autour de l'arbre.

– Ohé, Micha ! chuchotai-je de la voix haut perchée que la plupart des gens prennent pour parler aux animaux. Mimi, mimi, viens me voir. Tu te souviens de moi ?

– Il est là.

– Je le vois.

Je m'accroupis et tendis doucement la main vers le chat.

– Salut Micha, mon beau Micha. C'est moi, Rachel.

Micha aplatit ses oreilles le long de son crâne. Son

regard ne cessait d'aller de moi à Cassie, et vice-versa.

– Allons, viens Micha, c'est moi. Viens, mon bonhomme.

– C'est un mâle ? Un matou ? demanda Cassie.

– Ouais, je crois.

– Ah, génial ! gémit-elle. Je t'en prie, dis-moi qu'il a été castré, au moins.

– Tu as été castré, Micha du Rôminet ? roucoulai-je, avant de me tourner vers Cassie pour lui demander : Mais qu'est-ce que ça peut nous faire ?

– C'est que, quand il se sent menacé, il n'y a rien de plus coriace et dangereux qu'un matou.

– Qui ça, Micha ? Mon gentil petit copain Micha du Rôminet ?

– Et même s'il est opéré, vouloir attraper un chat mâle la nuit quand il est en train de chasser, ça a quelque chose de suicidaire ! soupira Cassie en secouant la tête. On aurait dû mettre des gants.

– Oh, arrête. C'est un gentil petit minet.

Pour lui montrer combien Micha était gentil, je tendis la main vers lui.

Chhhhhhsssss !

D'un geste beaucoup trop rapide pour mes yeux

humains, Micha me décocha un fulgurant coup de patte. Trois trous sanglants apparurent sur le dos de ma main et Micha grimpa comme une flèche dans l'arbre.

– Ouille ! fis-je en portant ma main blessée à ma bouche.

– On aurait vraiment été bien inspirées de prendre des gants, observa Cassie.

– Comment vous vous en sortez, les filles ? chuchota Jake, juste assez fort pour que je puisse l'entendre.

– A merveille, grognai-je entre mes dents serrées. Je saigne comme un bœuf et Micha est perché dans l'arbre.

J'entendis glousser Marco. Je m'y attendais. Mais ensuite, Jake gloussa, lui aussi.

Je levai la tête et vis deux yeux jaune-vert scintiller dans le feuillage sombre de l'arbre.

– Ça devait être le plus facile, grommelai-je. Je m'étais dit, okay, on va acquérir l'ADN de Micha, et après ça les choses sérieuses vont commencer.

– Et nous voilà avec ce chat en haut d'un arbre, continua Cassie d'un air lugubre. Tu sais comme c'est simple de faire descendre un chat d'un arbre ?

– J'ai un plan, fis-je. Tobias, tu es dans le coin ?

< Juste au-dessus de vous. Mais ne comptez pas sur moi pour essayer de déloger un matou furieux d'un arbre. >

– Ce n'est pas ce que je voulais te demander, commençai-je, avant de prendre une profonde inspiration.

Cette nuit prenait une drôle de tournure.

– Ce qu'il me faut, c'est une souris.

< J'ai un cadeau pour toi. Un souriceau. Un souriceau teigneux. Il essaie encore de me mordre. >

Tobias décrivit un cercle au-dessus de moi, disparaissant derrière les branches de l'arbre pour resurgir ensuite.

< Tu es prête ? >

Je soupirai et je lui fis un geste du bras. Bien sûr, j'étais prête. Pourquoi n'aurais-je pas été prête à me faire offrir une souris par un faucon ? C'était d'une banalité !

Tobias descendit, volant de plus en plus lentement. Je levai les bras et fis un creux avec mes mains. Avec une précision stupéfiante et un minutage parfait, il y déposa la souris.

– Ne la laisse pas te mordre ! me mit en garde Cassie. Elle a peut-être la rage !

– Génial, marmonnai-je. Décidément, c'est une super nuit !

En réalité, j'étais bien contente d'avoir été prévenue. La souris se tortillait de terreur et tentait de s'enfuir. Je pouvais sentir ses minuscules petites pattes gratter avec frénésie les paumes de mes mains.

– Vous devriez tous vous faire vacciner contre la rage, insista Cassie. Sérieusement. Pour moi, c'est déjà fait. Parce que si on doit être en contact avec des animaux sauvages… En attendant, fais gaffe à ses dents.

– Je n'avais pas l'intention de lui donner mon doigt à manger.

– Hé, attends un peu, fit Cassie en écartant avec précaution mes mains pour mieux voir. C'est pas une souris. C'est une musaraigne. Tu vois ses yeux ? Ils sont trop petits. Et la queue ne correspond pas. Ce n'est pas un souriceau, Tobias, c'est une musaraigne adulte.

< Désolé. C'est embêtant ? >

– J'en sais rien, répondit Cassie en haussant les épaules. Tout ce que je sais, c'est que ce n'est pas une souris.

– Une minute, intervint Marco en commençant à

sourire. Rachel va devenir une souris ? Comment on va savoir si elle a morphosé ?

Nous étions tous trop nerveux pour trouver sa blague très drôle. Nous nous sentions un peu stupides, occupés à jouer avec des rongeurs sur la pelouse d'une maison inconnue. Vous savez qu'il y a des fois où tout paraît complètement dingue ?

– Bon, il faut que je me concentre sur l'animorphe, alors tout le monde se tait, exigeai-je.

Ce que nous nommons l'animorphe consiste pour nous à absorber un échantillon de l'ADN de l'animal. L'ADN est la matière qui, à l'intérieur des cellules, sert plus ou moins de manuel de montage pour fabriquer l'animal.

Quand vous morphosez, vous devez penser très fort à l'animal, vous concentrer sur lui en oubliant tout le reste. Alors, l'animal devient inerte et flasque, comme s'il était en transe. Ça prend à peine une minute.

C'était facile de se concentrer sur la musaraigne, même si elle couinait de terreur et se tortillait furieusement pour s'échapper de ma main. Mais c'était pénible, affreusement pénible. Je sais bien que les musaraignes ne sont pas des bestioles particulièrement immondes, mais ça ne change rien. Elles m'effraient un peu. Quand je fus prête, j'ouvris les yeux.

– Voilà, petite musaraigne, merci pour ton aide. Tu peux partir, maintenant.

– Je ne suis pas certain que ce soit une bonne idée, estima Jake d'un air dubitatif.

– Vraiment ? ricana Marco. Tu n'es pas certain que ce soit une bonne idée que Rachel se change en musaraigne pour attirer au bas de son arbre un chat vicelard, afin qu'elle puisse morphoser en chat pour s'introduire dans la maison du directeur du collège ? Qu'est-ce qui ne te plaît pas dans ce plan ?

Cassie elle aussi semblait inquiète.

– Tu sais, Rachel, en général, les chats jouent un petit moment avec leur proie. Mais quelquefois, non. Il arrive qu'ils lui brisent tout de suite la nuque d'un coup de dents. La souris, ou la musaraigne, est tuée sur le coup.

< Sois prudente Rachel, me recommanda Tobias. Je resterai aux aguets, mais prends garde à toi. Je ne voudrais pas qu'il t'arrive quelque chose. >

Il me le « dit » de façon à ce que je sois la seule à pouvoir l'entendre. Je le sus parce que personne d'autre ne réagit.

Je levai la tête vers Tobias et clignai de l'œil. Je savais qu'il le verrait. Puis, je me frottai les mains :

– OK, allons-y !

Je me concentrai à nouveau sur la musaraigne. Elle était désormais une partie de moi-même. Je ne sais pas comment ça marche, mais ça marche. D'une façon ou d'une autre, grâce à la technologie andalite, l'ADN de cette musaraigne était enregistré dans mon organisme. C'était comme si je disposais d'une carte pour me guider pendant que je morphosais. Quoique j'aurais été bien incapable de dire comment je pouvais le faire.

Ma première sensation fut que je rétrécissais. Passer d'une taille d'un mètre cinquante-deux à moins de trois centimètres, c'est un long, un très long voyage. On a l'impression de tomber. Sauf qu'on peut sentir le sol sous ses pieds pendant tout le temps de la chute.

A un moment, je regardais en face Jake, Marco et Cassie. L'instant d'après, leurs visages semblaient s'enfuir à toute vitesse vers des sommets vertigineux. Je tombais de toute la hauteur de leurs corps. Comme s'ils étaient d'immenses gratte-ciel et que j'avais sauté dans le vide, ou quelque chose comme ça.

Mes vêtements tombèrent autour de moi, comme

un grand chapiteau de cirque soudain privé de ses mâts.

Il y eut un petit crissement lorsque ma colonne vertébrale se réduisit pour prendre une taille inférieure à celle de mon petit doigt. C'était la sensation, pas précisément douloureuse, mais dérangeante, qui accompagnait certaines animorphes. C'est comme quand on sait que ça doit faire mal, et qu'en fin de compte, ça n'est pas vraiment douloureux.

Je sentis une queue surgir de mon coccyx. Une longue queue sans poils. Pas précisément élégante.

Mes jambes avaient pratiquement disparu, tant elles étaient menues. J'étais une petite boule de fourrure dodue d'à peine six centimètres de long, pourvue de quatre pattes minuscules.

Puis la peur m'envahit. La peur ressentie par la musaraigne. Elle s'empara si brutalement de moi que je me mis à trembler. A frémir de terreur. A frissonner de terreur.

J'étais cernée ! Partout, des prédateurs ! Je pouvais les sentir. Je pouvais les voir, des créatures gigantesques, aux formes indistinctes et aux mouvements lents, qui se dressaient au-dessus de moi.

– Rachel ? Ça va là-dessous ?

C'était Cassie. Elle souleva les vêtements qui m'étaient retombés dessus.

J'avais entendu la voix et plus ou moins distingué les paroles, mais elle ressemblait plutôt à un lointain grondement de tonnerre. Ça ne voulait pas vraiment dire grand-chose. Du moins pour la musaraigne.

Elle cherchait un moyen de s'échapper. Son cerveau était peut-être terrorisé, il n'en était pas moins prodigieusement rusé. Elle passait en revue toutes les issues possibles. Elle mesurait la distance entre les trois paires de jambes. L'une d'elles bougea légèrement. Je partis comme une balle de fusil.

Courir ! Courir ! Les brins d'herbe paraissaient mesurer deux mètres de haut. Les brindilles ressemblaient à des troncs d'arbres abattus que je devais escalader. Mes petites pattes bougeaient à une vitesse incroyable.

Je croisai dans ma course un scarabée qui me parut aussi gros qu'un chien.

— Rachel, il faut absolument que tu prennes le contrôle de l'animal !

Je savais qu'ils avaient raison. J'arrivais même à comprendre à peu près ce qu'ils voulaient dire. Mais la terreur était trop forte. L'instinct de survie trop puissant.

Et dans le même temps, j'étais assaillie par d'autres sensations. La faim. Je sentais des noisettes. Je sentais de la chair morte. Je sentais même les asticots qui grouillaient sur la chair morte.

Et j'en avais envie. Je sais que c'est abominable, mais j'avais envie de manger ces asticots.

Un bruit de pas énorme derrière moi ! Je changeai brusquement de direction et plongeai sous un buisson. Les pas continuèrent sur leur lancée avant de s'arrêter et de tourner dans ma direction.

Ils étaient plus rapides que moi, mais pas aussi agiles. Je pouvais m'échapper. Je pouvais m'échapper pour rejoindre la source de cette alléchante odeur de cadavre et me rassasier !

< Rachel, c'est Tobias. En ce moment, c'est la musaraigne qui contrôle tout. Tu dois t'imposer ! Dis-lui de cesser de courir. >

Peur ! Faim !

< Rachel, écoute-moi ! Tu t'éloignes de nous. Il faut que tu prennes les commandes. >

Peur ! Faim ! Courir !

De l'herbe, des brindilles, de la poussière. Des

branches basses et rugueuses au-dessus de ma tête. L'odeur de la nourriture. L'odeur d'un chien qui a uriné sur ce buisson.

D'autres pas martèlent le sol, une voix qui crie au loin. Ils essaient de m'attraper. Mais je suis rapide ! Je suis maligne !

Mais pas tout à fait assez maligne. Je jaillis comme une balle de dessous le buisson.

Je la sentis descendre sur moi, comme une ombre enveloppant mon ombre. Une terreur qui ne ressemblait à rien de ce que j'avais jamais connu me submergea. Quelque part au fond, au plus profond de mon cerveau de musaraigne, un hurlement retentit.

C'était la peur ultime ! L'horreur ultime ! C'était l'ennemi que je ne pouvais vaincre !

Et il voulait m'attraper !

CHAPITRE
8

J'esquivai l'attaque, mais trop lentement. D'énormes serres se refermèrent sur moi et mes petites pattes gigotèrent soudain dans le vide.

< Du calme, Rachel ! Calme-toi. Ce n'est que moi. Je te tiens. >

La voix était dans ma tête. Je compris les paroles. Elles finirent par se frayer un chemin malgré toute la terreur. Je me cramponnai à cette voix.

< Détends-toi, Rachel. >

Je baissai la tête et, de mon regard flou de musaraigne, je vis les ombres qui défilaient en contrebas.

< Je te tiens, Rachel. Essaie de te calmer. Pense à quelque chose d'humain. Pense au collège. Tu te souviens du collège ? >

Le collège ? Oui, je me souvenais du collège.

D'un seul coup, l'esprit de la musaraigne perdit le

commandement. Comme si quelqu'un avait appuyé sur un interrupteur. J'avais pris le contrôle de ce corps. Je savais ce que j'étais. Je savais qui j'étais.

< C'est bon Tobias, ça va aller, le rassurai-je. Tu peux me redescendre. >

Il décrivit un cercle et me déposa sur le sol avec une extrême délicatesse.

< Je ne t'ai pas blessée avec mes serres ? >

< Non, je ne crois pas. Je me sens très bien. >

– Ça va, Rachel ? s'inquiéta la voix de Jake.

< Oui, ça va. Mais vous savez, ça n'a carrément rien à voir avec le cerveau de l'éléphant. Ou de l'aigle. C'est dingue ce que leur esprit peut être calme et sûr de lui comparé à celui de cette bestiole. >

– C'est comme avec le lézard de Jake, observa Cassie. Lui aussi, il a eu une réaction de panique. Les autres animaux en lesquels nous avons morphosé appartenaient tous à des espèces de grande taille, des espèces dominantes, comme le gorille ou le tigre. Ceci dit, mon cheval était tout de même très peureux.

< Écoutez, faisons ce que nous avons à faire, et qu'on en finisse, d'accord ? m'impatientai-je. Être une musaraigne ne m'amuse pas du tout. >

Ce qui était bien au-dessous de la vérité. Je pouvais

toujours sentir l'odeur de cadavre et entendre les milliers de vers qui s'acharnaient sur leur charogne. Et surtout, ces choses continuaient de me faire saliver. J'avais atrocement faim.

– Tu es sûre que tu vas être capable de maîtriser ton corps ? s'inquiéta Marco. Je le voyais se pencher sur moi d'une hauteur de plusieurs milliers de kilomètres. Tu me parais encore un peu nerveuse. Ta queue remue par saccades et ta petite truffe renifle frénétiquement.

< Ouais, je sais. Je suis encore nerveuse. Alors terminons-en. Vous n'avez qu'à me ramener jusqu'à l'arbre où s'est perché Micha. Je ne pourrai pas retrouver le chemin toute seule. >

Avant que j'aie pu réagir, Marco se baissa et me prit dans ses mains. Il me souleva à la hauteur de son visage et me regarda dans les yeux.

– Tu n'as jamais été aussi ravissante, Rachel. Un vrai top model !

Nous avons longé le pâté de maisons. Marco me déposa au pied de l'arbre dans les hautes branches duquel Micha était toujours tapi.

< Vous feriez mieux de vous éloigner un peu >, fis-je remarquer.

– Pas trop, objecta Jake. Il faut qu'on puisse s'interposer rapidement entre toi et Micha.

< Bah, Micha, je n'en ferai qu'une bouchée ! > blaguai-je.

En réalité, je crois que je me sentais un peu gênée d'avoir laissé la musaraigne me contrôler.

– Hum, hum, fit Marco avec une pointe d'ironie. Chat contre souris. Sur qui vous pariez ?

– Tu n'as jamais vu *Tom et Jerry* ? rétorqua Cassie. C'est la souris qui gagne, à tous les coups. Mais c'est vrai que Rachel n'est pas exactement une souris…

Vous voulez que je vous dise ? Ce n'est pas drôle d'attendre au pied d'un arbre dans le corps d'une minuscule musaraigne qu'un énorme chat se décide à descendre pour vous croquer. C'est une des choses les moins drôles que j'aie jamais faites. Je contrôlais désormais le cerveau de la musaraigne, mais ça ne changeait rien au fait qu'elle était à peu près aussi terrifiée que pouvait l'être une musaraigne. Commencer par se faire capturer par un faucon, et maintenant attendre que son autre ennemi mortel veuille bien passer à l'attaque… pour résumer, la musaraigne était dans un état de panique indescriptible.

Ce n'était pas une musaraigne heureuse.

Mon esprit était tellement obnubilé par la faim dévorante du rongeur que je ne me rendis pas compte de ce qui se passa ensuite. Je ne remarquai rien jusqu'à l'instant où j'entendis quelque chose griffer l'écorce juste au-dessus de ma tête. Micha avait bondi de sa branche et plongeait droit sur moi !

Je restai paralysée !

Ce ne fut pas le cas de Jake et Marco.

Marco intercepta Micha en plein vol. Pour l'en remercier, Micha lui donna un violent coup de griffes. Marco hurla et faillit lâcher le chat. Jake l'empoigna par la peau du cou et Cassie accourut avec la panière.

A eux trois, ils parvinrent à faire entrer un Micha hurlant, crachant et griffant dans la caisse et à en refermer la porte.

J'avais déjà commencé à démorphoser tellement j'avais hâte de quitter le corps de cette musaraigne.

— Je saigne ! se plaignit Marco.

— On saigne tous, répliqua Cassie. Je vous l'avais dit : les matous peuvent être très mauvais si on les énerve.

Je grandissais à toute vitesse, réintégrant mon corps d'humain.

— Beurk ! Beurk ! Beurk ! Plus jamais je ne recommencerai cette animorphe, déclarai-je dès que je pus disposer d'une langue et de lèvres en état de fonctionner.

Je regardai par-dessus mon épaule pour m'assurer que je n'avais pas conservé cette queue infecte. Il ne restait rien. J'étais à nouveau moi-même. Je n'avais sur moi que ma tenue d'animorphe et pas de chaussures, mais j'étais à nouveau humaine.

Je frissonnai. Le souvenir du cerveau de la musaraigne, sa peur et sa faim me donnaient la chair de poule. Je devais lutter contre une violente envie de vomir. Une nausée dont l'origine se trouvait surtout dans mon esprit.

Jake me regarda et secoua la tête.

– C'est moi qui aurais dû le faire. J'aurais dû me servir de mon animorphe de lézard pour attirer le chat en bas de l'arbre.

Je secouai la tête à mon tour.

– Non. Ça t'avait rendu malade.

– Et maintenant, c'est toi qui es malade, remarqua Jake. Mais ne t'en fais pas, ça devrait passer. En tout cas pour l'essentiel. Après tout, tu n'as pas croqué d'araignée.

– Mouais. Écoute, je suis simplement crevée, tu

comprends ? Alors maintenant, je voudrais acquérir vite fait ce satané chat et qu'on en finisse.

– Tu te sens encore d'attaque pour ça ? s'inquiéta Cassie. Acquérir deux nouvelles animorphes en une seule nuit ?

– Je n'aurais pas dû te laisser faire la souris. Ou la musaraigne, peu importe, insista Jake.

Il avait l'air de se sentir toujours aussi coupable.

– Écoute, c'était mon idée, non ? Et puis, j'aimerais savoir depuis quand Monsieur a la bonté de me laisser faire quelque chose ? Tu es qui, au juste, mon père ? Et quoi encore ? Non mais sans blague !

Je fis face aux autres et poursuivis en souriant :

– Voyons donc si Micha m'aime toujours autant maintenant que je suis plus grosse que lui.

Je crois que Micha avait fini par se lasser de nous résister. A présent il dormait dans sa caisse. Il dormait comme s'il ne s'était strictement rien passé. Un chat typique. Il se mit même à ronronner pendant que j'acquérais son ADN.

Quand j'eus terminé, je remarquai que Cassie me regardait en souriant.

– Qu'est-ce qu'il y a ? lui demandai-je.

– Je me disais juste que tu ressemblais toujours à

notre bonne vieille Rachel, mais que tu avais désormais aussi en toi un éléphant, une musaraigne, un aigle et un chat. Ça fait quatre animorphes. Plus qu'aucun d'entre nous.

Prenant un air songeur, elle poursuivit :

– Nous ne savons toujours pas grand-chose sur ce phénomène d'animorphe. Je me demandais s'il y a une limite au nombre d'animorphes qu'on peut acquérir.

– J'imagine qu'on finira par le découvrir, prédit Marco d'un air sombre. Sans doute au pire des moments possibles.

Je me demandai s'ils avaient raison. Savoir que je pouvais me transformer en quatre animaux différents me procurait assurément une sensation aussi étrange que puissante. Étrange, puissante et dérangeante. J'avais à l'intérieur de moi des animaux qui se haïssaient les uns les autres. Ce n'était pas très réjouissant. Tout d'un coup, je me sentis épuisée.

– Bon… c'est fait, j'ai acquis Micha. Je sais qu'on devait faire le reste cette nuit, mais je… je ne crois pas être assez en forme maintenant.

– On verra ça une autre fois, proposa Jake.

Il avait l'air soulagé. Je pense qu'il s'inquiétait pour moi. Jake est comme ça.

– Je pense qu'on peut libérer Micha, à présent, déclara Cassie.

Elle ouvrit la panière et le chat sortit prudemment. Je le regardai détaler dans la nuit.

– Probable qu'il va aller tuer ta musaraigne, fit Marco.

Cette idée me fit à nouveau frissonner de la tête aux pieds.

CHAPITRE
9

– **A**aaaaaaaaahhh ! Aaaaaah ! Aaaaaaaah !

– Réveille-toi ! Rachel, réveille-toi !

– Aaah ! Oh. Oh. Oh.

Je m'assis. La bouche ouverte, je peinais à reprendre mon souffle. Il faisait sombre, mais je parvins à distinguer le visage de Kate. Penchée sur moi, elle me secouait.

Je tâtai mon visage. Mes lèvres. Mes yeux. Mon nez.

Je me palpai avec frénésie de haut en bas. Humaine. J'étais humaine. Pas de fourrure. Pas de queue. Un corps humain.

Je me souvins alors de mon rêve.

– Oh, non, gémis-je.

Je repoussai mes couvertures et me mis péniblement sur mes pieds. Je me dirigeai d'un pas mal assuré vers la porte de la salle de bains. La salle de bains relie ma chambre à celle que Kate et Sara se partagent. J'essayai d'allumer la lumière, mais je ne trouvai pas l'interrupteur. Je me laissai tomber à genoux devant la cuvette des toilettes et je vomis.

– Ça va, Rachel ? Tu es sûre que ça va ? ne cessait de répéter Kate. Je ferais mieux d'aller chercher maman.

– Non, refusai-je dès que je fus en état de parler. Non, je me sens très bien. Ne réveille pas maman.

Heureusement, la petite Sara aurait pu dormir au milieu d'un tremblement de terre.

Je me brossai les dents et bus un peu d'eau. Je regardai Kate d'un air gêné. Elle ne me ressemble pas du tout. Je crois que je tiens plutôt de mon père, tandis que Kate est le portrait craché de ma mère, avec les mêmes yeux et la même chevelure sombres. Elle avait l'air terrorisée.

– Je vais bien, assurai-je une nouvelle fois. Ce n'était qu'un mauvais rêve. Je crois qu'il m'a rendue un peu malade, c'est tout. Mais à présent je me sens bien.

Kate se détendit un peu.

– Ça devait être un sacré rêve !

– J'imagine. Je n'arrive même plus à me le rappeler maintenant. Tu sais ce que c'est. Les rêves s'effacent sans nous laisser le moindre souvenir de leur passage.

– Je n'arrive pas à croire que tu puisses oublier comme ça un rêve qui t'a mise dans des états pareils.

Je haussai les épaules.

– Je n'ai jamais été très forte pour ce qui est de me souvenir des rêves. Tu ferais mieux de retourner au lit.

Elle me dévisagea d'un air grave.

– Je sais que j'ai deux ans de moins que toi mais, si quelque chose de grave t'arrivait, tu me le dirais, hein ? Tu sais, moi j'irais pas le dire à maman ni à qui que ce soit. Tu peux me faire confiance.

Je souris et je la serrai dans mes bras.

– Je sais bien que je peux te faire confiance. Si jamais il y avait un truc grave, je t'en parlerais.

Évidemment, c'était un mensonge. Et ce mensonge fit que je me sentis encore plus mal. J'avais confiance en Kate. Au fond de mon cœur, je savais qu'elle n'était pas un Contrôleur.

Bien entendu, c'était exactement ce que Jake avait dit au sujet de Tom.

Je serrai un peu plus fort ma sœur contre moi. Je

haïssais la façon dont le soupçon s'était insinué dans les moindres recoins de mon esprit. Je détestais ne pas être sûre, pas véritablement, pas absolument sûre et certaine de pouvoir lui faire confiance.

– Bonne nuit, lui dis-je. Et merci de m'avoir tirée de ce cauchemar, peu importe ce que c'était.

Elle fit quelques pas pour sortir, puis elle se retourna, petite silhouette sombre éclairée par-derrière par la lumière crue de la salle de bains.

– Avant que tu commences à hurler, tu as crié quelque chose.

– Quoi ? fis-je, redoutant sa réponse.

Elle parut embarrassée.

– Je crois que c'était « les vers », ou quelque chose comme ça.

Je me forçai à sourire.

– Bonne nuit, Kate.

Je me recouchai. L'oreiller était trempé de sueur. Les draps étaient humides.

Les vers. Les petits vers blancs qui grouillaient en se tortillant. Ils recouvraient entièrement un tas de chair et de fourrure en putréfaction. Dans mon rêve, c'était un chat mort. Un chat mort couvert de vermine dévorant sa chair décomposée.

Une musaraigne participait au festin, avalant goulûment la chair morte et les asticots vivants.

Dans mon rêve, je le savais : j'étais cette musaraigne.

– Tu as l'air crevé, remarqua Jake le lendemain matin.

Nous prenions le même bus pour aller à l'école.

– Merci, c'est gentil, grognai-je en me renfrognant.

– Tu n'as pas assez dormi, cette nuit ?

– J'imagine que non, si j'ai l'air aussi moche que tu le dis.

– Je n'ai pas dit que tu avais l'air moche, j'ai juste dit que tu avais l'air crevé.

Il hésita, et lança un coup d'œil par-dessus son épaule pour s'assurer que personne n'écoutait. Heureusement, le niveau du bruit était assez élevé dans le bus. Jake baissa la voix et se pencha pour me parler à l'oreille.

– Dis-moi, tu n'as pas craqué à cause de la musaraigne, non ?

– Pourquoi ? Tu penses que, parce que je suis une fille, j'aurais plus de mal à supporter ça que toi ou Marco ?

95

– Non, ce n'est pas ça du tout, protesta-t-il avec conviction. C'est seulement que... tu sais, quand j'ai fait cette animorphe de lézard, j'ai fait des cauchemars.

– Des cauchemars ? m'exclamai-je un peu trop fort.

Je baissai alors la voix pour répéter en murmurant :

– Des cauchemars ?

– Oui, je t'assure. Quand j'ai morphosé en tigre, j'ai aussi fait des rêves, mais pas de cauchemars.

– Quel genre de rêves ?

– Le genre agréable, vraiment. Je rôdais la nuit au cœur d'une forêt sombre. Je chassais une proie. Et bien sûr, j'en avais envie, mais en même temps, c'était comme si ça m'était égal de l'attraper ou non. Parce que courir, ramper et courir encore à travers les bois, c'était ce qu'il y avait de mieux au monde.

– J'ai éprouvé la même chose après avoir morphosé en éléphant, continuai-je. La sensation incroyable d'être gigantesque et invincible. Comme si rien au monde ne pouvait me faire peur.

– Mais avec la musaraigne, c'était différent, non ? Comme avec le lézard.

– J'imagine que ça dépend des différences de

nature des animaux. Il y en a peut-être qui s'accordent bien avec nos cerveaux humains, et d'autres pas.

Je regardai par la fenêtre pendant un instant, puis j'ajoutai :

– Tu sais ce qui me flanque la trouille ?

A ma grande surprise, Jake hocha la tête :

– Ouais. Tu as la trouille qu'un jour on puisse être obligés de morphoser en insectes.

Je frissonnai.

– Je ne pense pas que j'aurais très envie de faire ça. J'ai peur que ça aille trop loin.

– En attendant, la prochaine fois, c'est en chat que tu dois morphoser. Tobias a été chat. Il a dit que c'était étonnant comme ça pouvait être bien. Il a vraiment aimé ça. Autant que j'ai adoré être un chien. Parfois, quand je me sens déprimé, je voudrais pouvoir morphoser juste pour me changer les idées. Les chiens savent s'amuser.

Le bus s'arrêta devant le collège.

– Et en route pour un nouveau jour d'école. La vie continue.

Je parcourus des yeux la foule des élèves rassemblés sur la pelouse et les marches de l'entrée. J'aperçus Melissa.

— On se voit plus tard, Jake, fis-je en quittant mon siège. Et merci.

— Pas de quoi. Tu sais, on est tous dans la même galère.

Je me frayai un chemin le long de l'allée centrale du bus puis traversai la pelouse en courant pour rejoindre Melissa. En m'approchant, je vis qu'elle avait les yeux rouges et les paupières gonflées. Elle avait pleuré.

Je ne savais plus quoi faire. Autrefois, je me serais tout simplement précipitée vers elle et je lui aurais demandé ce qui lui arrivait.

— Salut, Melissa ! Comment ça va ?

— Quoi ? fit-elle en me dévisageant d'un air hagard.

— Je disais : comment ça va ?

Elle secoua lentement la tête, comme si elle n'arrivait pas à croire que c'était à elle que je m'adressais.

— Qu'est-ce que ça peut te faire ? Tu t'intéresses à moi peut-être ?

— Enfin, Melissa ! Bien sûr que ça me fait quelque chose. Qu'est-ce qui ne va pas ?

Toute expression avait disparu de son regard. Elle semblait regarder dans le vide.

— Qu'est-ce qui ne va pas ? Tout va mal. Et rien ne va mal. Mais ça revient au même, tout va mal.

– Melissa, de quoi est-ce que tu parles ?

– Laisse tomber, lâcha-t-elle, avant de faire mine de s'éloigner.

Je la retins par le bras.

– Écoute, tu peux me parler. Je suis toujours ton amie. Rien n'a changé.

– Fiche-moi la paix ! répliqua-t-elle d'un air sinistre. Tout a changé. Tout le monde a changé. Tu as cessé d'être mon amie. Et papa et maman…

– Quoi ? insistai-je.

La sonnerie stridente de la cloche retentit.

– Je dois y aller, fit-elle en retirant son bras.

Que pouvais-je faire ? Je la laissai partir. J'aurais bien voulu savoir ce qu'elle s'apprêtait à dire à propos de son père. Avait-elle découvert ce qu'était son père ? Ce que son père était devenu ?

Je montai les marches du collège tête baissée, plongée dans mes pensées. En poussant la porte, j'entrai en collision avec quelqu'un.

– Hé là ! Regarde où tu mets les pieds, jeune fille !

– Monsieur Chapman ! m'écriai-je en reculant d'effroi.

Pour mieux comprendre, il faut que vous réalisiez que c'est ce même homme qui, un jour, a ordonné à un guerrier hork-bajir de tous nous tuer s'il nous attra-

99

pait. De tous nous tuer et de ne conserver que nos têtes pour nous identifier.

C'est le genre de chose qui reste gravé dans votre esprit.

Il me dévisagea.

— Que se passe-t-il, Rachel ? Tu es un peu nerveuse, ce matin.

— Oui, monsieur. Je crois que je n'ai pas très bien dormi.

— Des mauvais rêves ?

J'avais la bouche sèche.

— Je crois bien, monsieur Chapman.

Il sourit. Un sourire normal, humain. Ses yeux se plissèrent même un petit peu tandis qu'il penchait vers moi un visage affable.

— Allons, oublie-les. Tu sais bien que les cauchemars ne sont pas réels.

« La plupart du temps, du moins », ajoutai-je en moi-même.

Nous n'avons pas pu aller chez les Chapman la nuit suivante parce que, Marco et moi, nous avions tous les deux des devoirs à faire. Et le lendemain, c'était l'anniversaire du père de Cassie.

Mais nous avons quand même réussi par nous retrouver un soir dans la rue devant chez les Chapman. Il était un peu moins de huit heures.

Micha était sorti pour aller renifler, quatre rues plus loin, le poteau d'une clôture sur lequel un autre chat avait laissé son odeur. C'était du moins ce que Tobias nous avait expliqué.

— Tu es prête ? me demanda Jake.

Je fis oui de la tête.

— Tu es sûre ? insista Cassie. Tu peux très bien remettre ça à plus tard si tu veux. Rien ne nous oblige à le faire cette nuit.

– Le plus tôt sera le mieux, répliquai-je. Nous savons tous qu'il se passe des choses bizarres dans cette maison. Melissa reste mon amie. J'arriverai peut-être à trouver un moyen de l'aider.

– Tu n'y vas pas pour aider Melissa Chapman, me fit remarquer Marco. Tu es censée espionner son père. Tu es censée trouver un moyen qui nous permette d'attaquer les Yirks, histoire qu'on puisse se transformer en animaux sauvages et se faire tuer jusqu'au dernier.

– Je sais pourquoi je fais ça, Marco.

– D'accord. Mais fais quand même gaffe à toi quand tu seras là-dedans. C'est un directeur de collège que tu vas avoir en face de toi. S'il s'aperçoit que tu t'es changée en chat pour fureter chez lui, tu vas te ramasser quelque chose comme un an d'heures de colle !

Nous avons tous éclaté de rire. Comme si les heures de colle étaient le plus grand péril qu'il me faille redouter. Marco peut être odieux, mais il est aussi capable de vous faire rire quand vous en avez le plus besoin.

– Je suis prête, annonçai-je, et j'agitai les bras en direction du ciel nocturne.

Tobias plongea vers le sol, étendit ses ailes pour

freiner son élan, et se posa sur une clôture qui se dressait à côté de nous.

– Qu'est-ce que ça donne vu de là-haut, Tobias ? demanda Jake.

< Ça a l'air impec'. Le chat n'est pas dans les environs. Il n'y a pas de passants dans les alentours, ou alors tout à l'autre bout du quartier, sur Loughlin Street. Il y a deux voitures, mais elles ne viennent pas dans votre direction. >

– Tu sais que tu as un avenir tout tracé dans le cambriolage nocturne, suggéra Marco à Tobias. Toi et moi on ferait les voleurs, et je verrais bien Jake en Spiderman pour nous courir après.

– Bon, eh bien je suis prête à passer à l'action, fis-je. Aussi prête que je peux l'être, en tout cas.

Tobias m'envoya un message que j'étais la seule à pouvoir entendre. < Rachel, si jamais tu as des problèmes, essaie juste de te débrouiller pour sortir. Après, je peux t'aider à fuir en te portant. >

Je me préparai à morphoser, et je me concentrai sur Micha. C'était facile. J'avais conservé une image mentale très claire du chat sautant de son arbre pour me tuer lorsque j'étais une musaraigne.

L'ADN de Micha était stocké en moi, prêt à être utilisé. Tout ce que j'avais à faire, c'était de me concentrer… me concentrer…

Chaque animorphe est différente. Surtout la première fois, quand vous ne pouvez pas contrôler son déroulement. Cassie elle-même est incapable de contrôler une première animorphe.

Dans le cas de Micha, ça commença par la fourrure. D'abord apparut une toison noire, puis les poils blancs se mirent à pousser. Le pelage était presque achevé alors que mon corps était encore humain pour l'essentiel. Une fourrure abondante recouvrait mes bras. Mes jambes. Mon visage. Une fourrure abondante et de fines moustaches, alors que tout le reste n'avait pratiquement pas changé.

— Oh, c'est sublime ! s'exclama Cassie. C'est vraiment beau. Tu as une de ces allures !

Elle me dévorait des yeux en souriant.

Marco et Jake semblaient également de cet avis.

— Ça a un côté étrange, mais en même temps un côté ravissant, commenta Marco. Je me disais que tu pourrais faire de la pub pour des aliments pour chats. Tu pousses une petite chansonnette, éventuellement tu esquisses quelques pas de danse, et c'est toi la reine des pubs pour chat.

Je commençais à rapetisser. Mais c'était bizarre, car tandis que je rétrécissais et que mes vêtements glissaient de mon corps, je n'avais pas tant la sensation de devenir plus petite que celle de devenir plus forte.

C'était comme si je me dépouillais de tout le superflu, de ces longues jambes maladroites, de ces ridicules bras chétifs. J'avais la sensation d'avoir été concentrée, réduite au strict nécessaire, de ne même plus être constituée de chair et d'os.

J'avais la sensation d'être faite d'acier liquide.

Je n'éprouvais pas la peur de la musaraigne. Je n'éprouvais pas non plus la totale assurance de l'éléphant, ou celle de l'aigle.

C'était différent. Il y avait de la peur, bien sûr. Mais sous la peur, il y avait de l'assurance. Le chat savait qu'il y avait des ennemis partout. Mais il savait également qu'il était capable de faire face.

Je me sentais... dure. C'était le mot : dure.

C'est alors que les sens du chat commencèrent à envoyer des messages à mon cerveau.

< Ouaaah ! m'écriai-je sous le coup de la surprise. Soudain, voilà qu'il ne fait plus nuit ! Ça c'est de la vision nocturne ! >

– De nuit, l'acuité visuelle du chat est environ huit fois supérieure à celle de l'être humain, fit observer Cassie. J'ai lu des études sur la question.

– Huit fois ? répéta Marco. Pourquoi pas sept, ou neuf ? Comment peut-on mesurer ça ?

Mais ce n'était pas uniquement le fait de voir aussi bien qui était étrange. C'était ce à quoi je prêtais attention.

Par exemple, un être humain va remarquer des couleurs. Mais un chat, même s'il est – plus ou moins – capable de les distinguer, ne va tout simplement pas y porter le moindre intérêt. Comme s'il se disait : bon, ce truc est rouge. Et alors ?

Ce qui intéresse vraiment le chat, c'est le mouvement. Si quoi que ce soit bouge, même de la façon la plus infime, le chat le voit. Je me dressai dans l'herbe, examinant les alentours avec mes grands yeux de chat, et tout n'était que mouvement.

Je voyais chaque brin d'herbe qui bougeait sous l'effet de la brise. Je voyais chaque insecte qui rampait sur ces brins d'herbe. Je voyais dans chaque arbre chaque oiseau qui ébouriffait ses plumes. Et je ne vous dis pas comment je voyais les souris, les écureuils et les rats !

Il y avait une souris à tout juste six mètres de moi. Je pouvais voir bouger chaque moustache de son petit museau lorsqu'elle frémissait de nervosité.

Tout ce qui ne bougeait pas m'ennuyait. Si la souris était restée complètement immobile, j'aurais oublié jusqu'à sa présence.

– Comment tu te sens ? me demanda Jake.

Je pouvais entendre sa voix sans la moindre difficulté. Mais elle n'avait aucun intérêt. Aucune signification.

Pendant ce temps, la souris produisait de minuscules craquements en grignotant avec ses petites dents l'écorce d'une noisette pour l'ouvrir. C'était ce son-là qui m'intéressait. Il m'intéressait même au plus haut point.

– Rachel, tu peux nous entendre ? C'est moi, Cassie.

< Mais oui, je vous entends. On dirait juste que je n'arrive pas très bien à me concentrer sur vous. Il y a tant d'autres choses à entendre, à voir et à sentir ! >

– Bon, en tout cas, elle n'est pas en train de courir dans tous les sens en échappant à tout contrôle, constata Marco.

Soudain, je perçus quelque chose au-dessus de ma

tête, une forme, une ombre, une silhouette. Ma tête pivota à la vitesse de l'éclair. Mes oreilles s'aplatirent sur mon crâne. Ma fourrure se hérissa le long de mon échine et ma queue tripla de volume. Mes griffes jaillirent. Ma bouche s'entrouvrit en découvrant mes crocs.

Tout cela s'était déroulé en l'espace d'une seconde. J'étais prête à combattre.

Et quel que fût mon assaillant, je voulais lui faire comprendre qu'il allait regretter d'avoir osé s'en prendre à Micha du Rôminet !

– Chhhhsssss !

CHAPITRE

11

J'étais prête à combattre. J'avais fait le vide en moi. J'étais prête à tuer ou à être tuée.

C'est si bon de sentir vos griffes acérées comme des rasoirs sortir de vos délicats petits coussinets roses…

– Rachel, faut te faire soigner, ma vieille ! C'est juste Tobias, m'avertit Cassie d'une voix apaisante, avant de lancer en se tournant vers le ciel : Tobias ? Je crois qu'il vaudrait mieux que tu restes à l'écart. Les chats sont programmés génétiquement pour avoir peur des grands oiseaux.

Elle avait raison. L'ombre de Tobias me flanquait une belle frousse. C'était étrange, car c'était une peur que je partageais avec la musaraigne.

Mais c'était une peur différente de celle de la musaraigne. C'était aussi un état plus proche de la fureur.

Sauf que ce n'était pas tout à fait ça non plus. En fait, je pense que ce n'était pas une véritable émotion. Au fond, quand je crachais, j'essayais simplement de communiquer. Et le message que je tentais de faire passer était : « Ne me cherche pas ! Tu es peut-être plus gros que moi, tu peux me flanquer la trouille, tu peux me faire fuir mais, si j'y suis obligé, je suis prêt à me battre. » Mon message de chat que j'envoyais au monde entier pouvait se résumer à ça : « Ne me cherchez pas. Ne vous mettez pas sur mon chemin, n'essayez pas de me toucher si je ne veux pas qu'on me touche, n'essayez pas de m'empêcher de prendre ce que je veux. »

J'étais indépendant. J'étais entier. Je n'avais besoin de rien hormis de moi-même. Une condition bien solitaire aux yeux de mon moi humain mais, en même temps, tout cela baignait dans une profonde sérénité.

< Je vais très bien, assurai-je. Je crois que je contrôle parfaitement bien la situation. >

– A quoi ça ressemble ? demanda Cassie.

< C'est comme... Tu vois ces vieux films de cow-boys avec Clint Eastwood ? Où c'est un roi de la gâchette, et quand il entre dans le saloon, tout le monde s'écarte sur son passage ? Parce que même

s'il ne cherche pas vraiment la bagarre, on comprend qu'il vaut mieux ne pas l'énerver. C'est à ça que ça ressemble. C'est comme si j'étais Clint Eastwood. >

– Tu penses que tu es capable de faire ce qu'on attend de toi ? s'inquiéta Jake.

< Oh ouais, je suis capable de faire n'importe quoi. >

– Ne te laisse pas abuser par l'arrogance du chat, me conseilla Marco. Conserve donc un peu de ta bonne vieille frousse humaine.

Il se tut un instant, puis il corrigea :

– Pardon, j'oubliais, la grande, l'inflexible Rachel ne possède pas un atome de bonne vieille frousse humaine ! Alors voilà ce que tu vas faire : tu vas m'emprunter un peu de ma bonne vieille frousse humaine à moi. J'en ai des tonnes en rab !

– Il a raison, Rachel, approuva Cassie. Reste concentrée. Entre ton caractère naturel et l'instinct du chat, tu pourrais devenir trop sûre de toi.

Je lançai un coup d'œil vers la souris. Elle avait enfin réussi à ouvrir sa noisette. J'aurais pu la tuer. J'en étais certaine. C'était une petite souris grassouillette et je l'aurais facilement attrapée. Mais je n'avais pas faim. Elle vivrait donc encore un peu.

< Pas de problème >, affirmai-je.

– Nous sommes là si jamais tu as un problème, me rappela Cassie.

< Je miaulerai si j'ai besoin d'aide. Ne vous inquiétez pas. Je contrôle la situation maintenant. Ça va bien se passer. >

Mais en vérité, je mentais. Juste un tout petit peu. En réalité, je ne contrôlais pas complètement le chat. Pour une raison que j'ignorais, je ne voulais pas contrôler complètement le chat. Quelque chose me plaisait dans son arrogance. Elle me rendait plus sûre de moi. Et malgré tout ce que les autres pouvaient dire à mon propos, j'avais besoin de confiance.

– L'horloge de l'animorphe tourne, me mit en garde Cassie. Il est huit heures moins le quart. N'oublie pas.

Je suivis le trottoir d'un trot léger en direction de la maison des Chapman. A peine m'étais-je mise en mouvement que je songeai : « Ah, si seulement je pouvais garder quelques miettes de cette grâce féline pour mon prochain cours de danse ! » Une grâce qui allait bien au-delà de tout ce que ce mot pouvait évoquer pour un humain.

Je longeai une barrière de bois. Elle était surmontée d'une rampe, à environ un mètre de hauteur. Je levai les yeux vers elle et, avant même d'avoir pu y penser, je bondis. Mes puissantes pattes postérieures se replièrent et se détendirent.

Je volai dans les airs. Un bond vertical d'un mètre, pour un animal qui n'évoluait qu'à trente-cinq ou quarante centimètres du sol, c'était comme sauter jusqu'au toit d'une maison d'un étage pour un humain.

Et ce n'était absolument rien. C'était tout bonnement automatique. J'avais envie de sauter, alors je l'ai fait. J'atterris sur une étroite rampe large de cinq centimètres et, bien entendu, ça ne posa aucun problème.

Comparé à un chat, le meilleur gymnaste de tous les temps est aussi svelte qu'une grosse vache saoule, ou quelque chose d'approchant.

– Heu, Rachel, tu fais quoi, exactement, là ? me demanda Jake.

Ils étaient tous plantés là à me regarder. J'avais complètement oublié leur présence.

< Juste un peu d'exercice >, fis-je, avant de redescendre dans l'herbe d'un autre bond.

« Bon, tu fais ce que tu as à faire d'abord, m'ordonnai-je sévèrement. Tu pourras t'entraîner plus tard pour les jeux Olympiques des chats. »

Je repris la direction de la maison, mais cette fois, quelque chose me stoppa. C'était un poteau téléphonique. L'odeur qu'il avait était irrésistible. J'allai l'examiner. Je le flairai, le reniflai dans tous les sens, à petits coups. L'air que j'inspirais était piégé dans une succession d'alvéoles, au-dessus de mon palais, où il allait rester tandis même que je reprenais une respiration normale. De cette façon, je pouvais capter jusqu'à la moindre bribe d'information contenue dans cette odeur.

C'était sans l'ombre d'un doute l'odeur d'un chat mâle. Un matou avait marqué ce poteau en faisant pipi dessus. C'était un chat dominant. Très dominant. Son odeur me rendait nerveuse. Je n'étais pas effrayée, juste un tantinet moins arrogante que je n'avais pu l'être. Si ce chat faisait son apparition, je devrais me soumettre. Je devrais me faire plus petite, moins menaçante et accepter sa domination.

Ou alors, je pourrais l'affronter et me prendre une bonne raclée. Telle était la situation. Tout cela était inscrit dans l'odeur de son urine, que n'importe quel chat pouvait lire.

Je repartis en trottant vers la maison des Chapman.

< Rachel, tu es sûre que tu contrôles bien les opérations ? fit dans ma tête la voix de Tobias. Pourquoi t'es-tu arrêtée pour flairer ce poteau ? >

< Je pensais qu'ainsi j'aurais l'air d'être un vrai chat. Je me contentais de jouer mon rôle. >

< Si tu le dis, admit-il d'un air peu convaincu. Mais surtout n'oublie pas : c'est marrant d'être un animal pendant un moment. Ça l'est beaucoup moins quand c'est pour toujours. Tes deux heures continuent de s'écouler. Tic, tac. >

Ses paroles me firent l'effet d'une douche glacée. Je rassemblai mes pensées humaines et m'efforçai d'étendre mon contrôle sur l'esprit du chat. Mais ce n'était pas facile. Le félin ne pouvait même pas concevoir la notion d'obéissance.

Alors, je me servis d'une chose qui le ferait réagir à coup sûr. J'évoquai le souvenir de l'odeur du gros matou. Cela suffit à provoquer la soumission du chat, et je sentis bientôt mon contrôle s'étendre sur lui.

< Tu es presque arrivée, me signala Tobias. C'est le jardin de droite. >

< Oui, je sais. Mon odeur est partout. Tout cet endroit sent comme moi. C'est ma maison. Tout ça est à moi. >

< Rachel, tout ça est à Chapman. Et Chapman est une créature de Vysserk Trois. Ne l'oublie pas. >

Je trottai jusqu'à la chatière. Chapman. Vysserk Trois. Et alors ? Moi, j'étais Rachel et Micha en même temps. Je me moquais bien de Chapman et de Vysserk Trois !

La lumière était vive à l'intérieur de la maison. Mes yeux s'y adaptèrent instantanément. Mon nez détecta une odeur de nourriture pour chat, trop vieille et desséchée pour m'intéresser. Je flairai aussi des humains : Melissa, M. Chapman et Mme Chapman. Ne me demandez pas comment je pouvais savoir que ces odeurs étaient celles de ces trois personnes. Je le savais simplement.

Je repérai un cafard parmi les moutons de poussière qui s'entassaient dans l'obscurité sous le réfrigérateur. Aucun intérêt à mes yeux. Les cafards émettaient parfois de petits crissements intéressants et ils étaient rigolos à regarder quand ils couraient. Mais ils sentaient mauvais. Ce n'était pas des proies.

Des mouvements vifs !

Des pieds. Des pieds humains. Pas la peine de lever la tête. C'était Mme Chapman.

Des sons à haute fréquence venant du moteur du

réfrigérateur. Déplaisants. Il y avait aussi des bruits d'oiseaux venant du dehors. Ils avaient un nid sous l'avant-toit.

Et puis, le son de la voix de Melissa.

Où était-elle ? Je ne la voyais nulle part. Le son était étouffé.

J'essayai de me concentrer. Mes oreilles bougèrent dans la direction du son. Il venait d'au-dessus de moi. Au-dessus et loin d'ici.

Elle était dans sa chambre, c'était là. Je ne pouvais pas entendre ses paroles distinctement, mais je savais qu'elle se marmonnait quelque chose pour elle-même.

Je traversai la cuisine en trottant. J'étais Rachel et j'aurais dû avoir peur. Mais je ne pouvais pas avoir peur. Tout avait mon odeur, ici. Mes glandes odoriférantes avaient laissé leur marque partout : sur cette porte, sur ce placard, sur cette chaise. Ça me rassurait. L'odeur du grand mâle dominant était absente de la maison. Non, il n'y avait pas un seul autre chat ici. Rien que des odeurs humaines, et les humains n'étaient pas très importants.

Je sortis de la cuisine et m'arrêtai au coin de l'entrée et de la salle de séjour. Chapman était là, dans le séjour. Je pouvais le flairer. Il était assis sur le canapé. Je lui jetai un coup d'œil et m'avançai.

Mais je m'immobilisai presque aussitôt. Mon cerveau humain avait senti que quelque chose clochait. Chapman était juste assis sur le canapé. Pas de télé. Pas de musique. Il ne lisait aucun livre, aucun journal. Il était juste assis.

Je retournai dans la cuisine. Je levai les yeux sur Mme Chapman. Elle faisait quelque chose dans l'évier. La vaisselle, peut-être. Non, elle épluchait des légumes. Mais là non plus, pas de télé, pas de musique. Elle ne fredonnait pas comme le fait ma mère quand elle travaille dans la cuisine. Ça n'était pas normal. Les époux Chapman avaient tous les deux quelque chose d'anormal.

Je revins dans l'entrée. Un escalier menait aux chambres à coucher. D'ici, j'entendais mieux Melissa. Je me concentrai, en m'efforçant d'ignorer les sons fascinants des oiseaux sous l'avant-toit. Je me concentrai sur les sons humains de la voix de Melissa.

– … divisé par la racine carrée de… non, attends. Non, racine carrée de… Ça tombe juste ?

Elle faisait ses devoirs. Ses devoirs de maths, visiblement.

« Je devrais moi aussi être en train de les faire », songeai-je, avec une pointe de culpabilité. Au lieu de cela, je rôdais comme une voleuse dans la maison de mon amie pour l'espionner, elle et ses parents.

J'essayai de trouver une horloge. Il fallait que je sache l'heure. A neuf heures quarante-cinq, mes deux heures seraient écoulées. Je voulais avoir quitté cette animorphe et regagné mon corps bien avant. Avec un peu de chance, j'aurais encore le temps de rentrer à la maison faire mon devoir de maths et lire peut-être un chapitre ou deux pour le cours d'histoire.

J'aperçus une pendule. Elle était sur le rebord de la cheminée. Le cadran disait huit heures moins trois. J'avais tout mon temps.

Un mouvement brusque !

Ah, c'était simplement Chapman qui se levait.

La partie chat de mon individu n'éprouvait pas le moindre intérêt pour Chapman. Mais je m'obligeai à lui prêter attention. C'était important de l'observer. C'était pour cette raison que j'étais là.

C'est lui la proie ? semblait demander le cerveau du chat.

Oui. Oui, dis-je au cerveau du chat.

Chapman est notre proie.

CHAPITRE
12

Je longeai le couloir en suivant Chapman. Soit il ne m'avait pas remarquée, soit ça lui était égal.

Il ouvrit une porte qui laissa échapper un flot d'odeurs. Humidité. Moisissure. Insectes.

< Rachel ? Comment ça va là-dedans ? >

Je sursautai de stupéfaction. Un mouvement qui n'avait vraiment rien de félin.

C'était Tobias. Il devait être drôlement près de moi pour que je puisse l'entendre me parler mentalement. Il devait être perché sur le toit ou la branche d'un arbre proche. Je déployai toute la finesse de mon ouïe aiguisée de chat. Sous l'avancée du toit, les oiseaux étaient silencieux. Ils étaient effrayés par le gros rapace.

< Je vais bien, répondis-je. Mais tu as failli me faire mourir de trouille ! >

< Désolé. J'étais simplement inquiet. >

< Bon, eh bien ne t'inquiète pas. Je suis en train de suivre Chapman au sous-sol. >

< Pourquoi ? >

< Parce que c'est là qu'il va, idiot ! >

Je ne sais pourquoi, les paroles humaines de Tobias me contrariaient. Il voulait que je lui prête attention et ça n'était pas facile. Le chat ne s'intéressait pas du tout à ce qu'il disait. Tout ce qu'il voulait, c'était descendre explorer le sous-sol. Par bonheur, c'était ce que je voulais moi aussi.

Je descendis au petit trot les rugueuses marches de bois derrière Chapman. Soit dit en passant, ça peut paraître étrange, mais le fait de descendre l'escalier comme un chat, tête la première, me donnait le vertige.

< Écoute, Tobias, j'apprécie beaucoup que tu veilles sur moi, mais là, maintenant, je suis très occupée. >

< Je comprends. De toute façon, je ne t'entends plus très bien. Tu dois t'éloigner. >

< Oui, je descends. >

J'attendis. Il ne dit rien.

< Tobias ? > appelai-je.

Mais il n'y eut pas de réponse. Nous avons encore

121

des choses à apprendre sur la parole mentale. Nous savons que sa portée est limitée, mais nous ignorons quelles sont précisément ces limites.

Les murs du sous-sol étaient entièrement lambrissés. Le plafond de bois brut était envahi d'araignées et d'autres choses intéressantes. Pas de souris, cependant. Rien qui puisse être considéré comme une véritable proie. Mais bien des créatures qui devaient être amusantes à chasser.

« Chapman est la proie, me rappelai-je à moi-même. Nous chassons Chapman. »

C'était une sorte de salle de télévision meublée d'une table, de quelques vieilles chaises et d'un divan. Mais à l'évidence, il y avait longtemps que personne ne s'était servi de toutes ces choses. Elles ne portaient pas trace d'odeur humaine. La poussière s'étalait partout et j'entendais des araignées se balader à l'intérieur du poste de télé.

La seule partie de la pièce qui paraissait utilisée formait un chemin le long du plancher. J'y flairai les odeurs que Chapman avait déposées sur son passage avec ses chaussures. Il traversait le sous-sol en ligne droite jusqu'à une porte. Une porte banale, peinte en blanc.

Chapman tira un trousseau de clefs de sa poche et déverrouilla la porte blanche.

Il l'ouvrit et la franchit. Un mètre cinquante plus loin, il y avait une deuxième porte. Celle-ci était en acier luisant. Elle ressemblait à la porte d'une chambre forte de banque.

A côté de la porte d'acier, il y avait un petit panneau carré blanc et lumineux. Chapman appuya sa main dessus.

La porte d'acier s'ouvrit. Elle coulissa dans le mur, comme dans *Star Trek*.

Je savais qu'il fallait que je le suive. Mais mon esprit humain avait peur. Et mon esprit félin ne voyait pas pourquoi je devais m'aventurer dans cet endroit obscur. Pour l'un comme pour l'autre, ça ressemblait à un piège. A un endroit d'où on ne pourrait sortir.

Mais il le fallait. Je devais y entrer. La réussite de ma mission d'espionnage en dépendait.

Et Chapman était ma proie.

A la dernière seconde, juste au moment où la porte se refermait dans un sifflement, je bondis dans la pièce.

Elle était plongée dans l'obscurité, ce qui ne me dérangea absolument pas. Puis, Chapman alluma une

123

sorte de veilleuse. C'était étrange, car je pouvais en fait mieux voir dans le noir qu'avec cette lumière tamisée.

Il y avait une sorte de pupitre fixé dans le mur. Il était en acier gris et avait un aspect très inhabituel. Il y avait d'autres petits panneaux lumineux de couleurs vives et variées. En outre, ce qui ressemblait à un petit, mais complexe, projecteur pendait du plafond. Face au pupitre, il y avait une chaise. Une chaise de bureau tout à fait ordinaire. Chapman s'y assit.

Il fit courir ses mains sur un panneau bleu. Puis, il regarda sa montre et attendit, patiemment.

Pendant environ une minute, il ne se passa rien. Je m'efforçai de prendre un air nonchalant, comme si j'étais entrée par hasard.

Mais, en même temps, je prenais garde de rester dans le dos de Chapman afin qu'il ne puisse pas me voir.

Je me souvenais de la mise en garde de Jake. En me voyant, les gens ordinaires ne me prendraient que pour un honnête matou. Mais Chapman connaissait l'animorphe. Les Yirks connaissaient la technologie de l'animorphe andalite. Et si jamais Chapman ou n'importe quel Contrôleur voyaient un animal se comporter de façon anormale, ils pouvaient soupçonner la vérité.

Soudain, une lumière aveuglante jaillit dans la pièce.

Mes yeux de chat s'adaptèrent instantanément, son éclat restait cependant douloureux. Cette lumière venait du bizarre petit projecteur. Chapman fit pivoter sa chaise pour lui faire face.

La lumière se mit à changer. Elle prit forme, se parant de différentes couleurs.

Les quatre sabots apparurent. La fourrure bleutée. Les mains aux doigts trop nombreux. La face plate et intelligente, dépourvue de bouche et munie de simples fentes en guise de nez. Les yeux principaux en amande, et leur regard pénétrant.

Et puis les étranges yeux, qui pivotaient au bout de leurs pédoncules mobiles et qui lui permettaient d'examiner la pièce sous tous ses angles. Enfin vint la queue, la cruelle queue recourbée de scorpion.

Un Andalite. Parfaitement semblable au prince andalite, Elfangor-Sirinial-Shamtul, qui nous avait donné nos pouvoirs.

Mais je savais que ce n'était pas un véritable Andalite. Une vague de terreur me submergea. Une terreur

125

trop intense pour que mon cerveau de chat lui-même pût l'ignorer. C'était le seul corps d'Andalite dont les Yirks avaient jamais pu s'emparer et prendre le contrôle. Le seul Andalite-Contrôleur de toute la galaxie.

C'était Vysserk Trois. Le chef de la force d'invasion yirk. La diabolique créature qui pouvait morphoser dans toutes sortes de monstres dont elle avait acquis les formes à travers tout l'univers. Celle qui avait assassiné le prince andalite pendant que nous tremblions de terreur.

C'était Vysserk Trois, qui avait été à deux doigts de tous nous tuer dans l'enfer du Bassin yirk.

— Bienvenue à toi, Vysserk Trois, déclara Chapman d'une voix pleine d'humilité. Iniss deux deux six du bassin du Sulp Niaar est à tes ordres. Que les rayons du Kandrona brillent sur toi et que leur force soit avec toi.

— Et avec toi, Iniss deux deux six, répondit Vysserk Trois.

Je fus surprise d'entendre la voix de Vysserk Trois. Dans son corps d'Andalite, il n'avait pas de bouche. Les Andalites communiquent par parole mentale, exactement comme je le fais lorsque je suis dans une animorphe.

La seconde surprise fut provoquée par les paroles qu'ils avaient échangées. « Iniss deux deux six. » Tel devait être le nom du Yirk qui contrôlait Chapman.

Mon instinct de chat était préoccupé par une question différente. Cette apparition était-elle réelle ? Non. Elle n'avait pas d'odeur. Pas la moindre odeur. Elle n'était faite que de lumière et d'ombre.

C'était un hologramme, je le savais. Mais un hologramme des plus convaincants. Vysserk Trois semblait presque en chair et en os. Il examinait la pièce comme s'il pouvait voir à travers ses yeux holographiques.

Je priai pour qu'il ne me remarque pas.

– Au rapport, Iniss.

– Oui, Vysserk.

Une partie de moi-même voulait fuir en courant. Même un simple hologramme de Vysserk Trois suffit à vous donner la chair de poule. Mais maintenant qu'il avait pris conscience qu'il ne s'agissait pas d'une créature réelle, le chat qui était en moi s'ennuyait tout simplement.

Je réalisai pourquoi je pouvais comprendre Vysserk Trois : le projecteur holographique ne devait pas être capable de transmettre la parole mentale. Il a traduisait en langage commun.

– Où en êtes-vous avec ces résistants andalites ? Les a-t-on localisés ?

– Non Vysserk Trois. Nous n'avons toujours rien.

Je savais qui il désignait par « résistants andalites ». C'était nous, les Animorphs.

– Je veux qu'on les trouve. Je veux qu'on les trouve immédiatement !

Chapman sursauta devant l'ordre brusque de Vysserk Trois. Je pouvais sentir la peur qui l'habitait.

Sur un ton plus calme, Vysserk Trois poursuivit :

– Ça ne peut plus durer, Iniss deux deux six, ça ne peut plus durer. Le Conseil des Treize va finir par en entendre parler. Ils vont se demander pourquoi je leur ai annoncé que tous les vaisseaux andalites en orbite autour de cette planète avaient été détruits et tous les Andalites abattus. Ils vont se poser des questions. Ils vont être furieux. Et quand le Conseil des Treize est furieux contre moi, je suis furieux contre toi !

Chapman tremblait littéralement comme une feuille. Je flairais la sueur humaine. Et je flairais autre chose. Quelque chose qui n'était pas entièrement humain. C'était à peine perceptible… Était-ce le Yirk lui-même que je sentais ? Ou la limace yirk dans le crâne de Chapman ?

Ça paraissait impossible. Mais il y avait une odeur étrange. Quelque chose... quelque chose... je concentrai tous mes sens de chat sur l'analyse de cette odeur.

– Qu'est-ce que c'est que ça ?

Chapman pivota sur sa chaise.

Je levai les yeux et restai figée. Chapman me regardait. Et pire, bien pire, les yeux pédonculés de Vysserk Trois étaient eux aussi braqués sur moi.

– Ça s'appelle un chat, expliqua Chapman d'une voix nerveuse. Une espèce terrienne qu'on utilise comme animal familier. Les humains trouvent leur compagnie agréable.

– Que fait-il ici ?

– Il est à la fille. Ma... la fille de l'hôte.

– Je vois, fit Vysserk Trois. Eh bien, tue-le. Tue-le immédiatement.

CHAPITRE
13

Tue-le. Tue-le immédiatement.

Je voulais partir en courant. Céder à la panique.

Mais la ruse du chat et ma propre intelligence se combinèrent en une étrange alchimie qui allait me sauver la vie.

Je ne remuai pas même une moustache. Si je l'avais fait, j'aurais signé mon arrêt de mort. Je le savais pertinemment. Si j'avais réagi comme si j'avais compris les paroles de Vysserk Trois, ils auraient eu la certitude que je n'étais pas un chat ordinaire.

L'hologramme de Vysserk Trois me regarda attentivement. Ses quatre yeux d'Andalite étaient à présent fixés sur moi. Et derrière la douce expression de l'Andalite, je pouvais sentir la présence implacable et la puissance diabolique du Yirk.

Chapman me regardait, lui aussi. Il avait le même

regard que lorsqu'il avait pris un élève en train de sécher les cours.

J'étais terrifiée. Ou du moins, la partie humaine de mon esprit était terrifiée. Micha, lui, ne pouvait guère être plus indifférent. Il sentait mon anxiété, mais il n'en éprouvait aucune. Il n'y avait pas d'oiseaux de proie ici. Il n'y avait pas de chiens. Il n'y avait pas d'odeur de chats dominants. Il n'y avait qu'une espèce d'image en trois dimensions qui ne sentait rien. Et Chapman. Chapman était peut-être une proie, ou peut-être pas, mais il ne représentait sûrement pas une menace.

– Il pourrait être un Andalite, reprit Vysserk Trois. Détruis-le.

– Maaow, fis-je en guise de réponse.

Vysserk Trois me lança un regard furibond.

– Qu'est-ce que c'est ?

– Ce... ce... c'est le s-s-son que les chats émettent, Vysserk Trois. Je... je crois qu'il veut manger.

Ssschhlaaack !

Soudain, sans avertissement, la queue de Vysserk Trois s'abattit. Un dangereux dard en forme de faux long de trente centimètres décrivit un fulgurant arc de cercle, tombant sur moi à une vitesse qu'aucun être humain n'aurait pu anticiper.

Mais je n'étais pas un simple être humain.

En l'espace d'un clin d'œil, j'avais perçu son brusque mouvement et je m'étais aplatie sur le sol, oreilles plaquées sur le crâne, babines retroussées. Et ma patte, toutes griffes dehors, fouetta le dard.

Ma patte traversa l'hologramme. Et le dard, simple projection lumineuse, passa sans heurt à travers mon corps.

– Ha, ha, ha !

Il me fallut une seconde pour comprendre ce que signifiait ce son. C'était le rire de Vysserk Trois.

Chapman semblait lui aussi stupéfait. Comme s'il n'avait jamais entendu rire Vysserk Trois. Comme s'il n'était même pas possible d'imaginer que Vysserk Trois pût rire.

– Quelle féroce petite bête ! s'exclama Vysserk Trois d'un ton approbateur. Tu as vu ? Il n'a même pas essayé de fuir ou de reculer. Je mesure plusieurs fois sa taille et pourtant il n'a pas hésité à me frapper. Dommage que cette espèce soit trop petite pour pouvoir servir d'hôte.

– Oui, c'est bien dommage, approuva prudemment Chapman.

– Tue-le. Quelle meilleure forme un Andalite pourrait-il trouver ? Mieux vaut le tuer, par simple mesure de sécurité.

– Oui, Vysserk Trois, fit Chapman. Seulement…

– Seulement quoi ? s'écria Vysserk Trois.

– Il appartient à la fille. Si je tue l'animal, elle sera furieuse. Ça pourrait attirer l'attention. Tuer un chat est très mal vu. Cela pourrait me faire soupçonner.

Vysserk Trois n'avait pas l'air enchanté qu'on discute ses ordres. Mais il n'était pas du genre à prendre des décisions à la légère. Il réfléchit pendant quelques secondes cruciales, où je restai suspendue entre la vie et la mort.

– Évite de te faire soupçonner ou d'attirer l'attention, décida finalement Vysserk Trois.

J'estimai qu'il était temps que je fasse quelque chose pour avoir l'air chat. Je m'avançai et me frottai contre la jambe de Chapman.

– Que fait-il ? demanda Vysserk Trois.

– Il signale qu'il voudrait qu'on le nourrisse.

– Intéressant. Griffes, crocs et férocité mêlés au don subtil de manipuler des êtres de plus grande taille. Une créature digne d'intérêt. Oui, laisse-la vivre, pour l'instant. Laisse-la vivre jusqu'à ce que nous ayons résolu la question de la fille.

Le visage de Chapman semblait à présent agité de tics nerveux. C'était la seule trace d'émotion qu'il avait montrée, en dehors de la peur.

– La fille ? Mais… Vysserk… l'accord passé avec l'humain Chapman…

– Les accords ! ricana Vysserk Trois. Ne sois pas stupide. Nous passons des accords pour obtenir des hôtes volontaires. Les accords sont des instruments. Tout comme tu es mon instrument. Si tu m'avais ramené les brigands andalites, je n'aurais nul besoin de m'occuper d'un chat ou d'une fille.

Chapman inclina la tête.

– Je vous les ramènerai.

– Fais-le, répliqua froidement Vysserk Trois.

Puis, son image commença à se modifier. Les courbes douces du corps andalite fusionnèrent pour donner naissance à un monstre qui ne ressemblait à rien de ce qu'on avait jamais vu sur terre.

Là où il y avait la tête de l'Andalite, il y avait maintenant un long tube épais. A l'extrémité de ce tube, il y avait une ouverture semblable à une horrible bouche.

La chose était pourpre, mais translucide. On pouvait presque voir à travers elle, quoique je ne savais pas si c'était parce qu'il s'agissait d'un hologramme, ou si la créature était ainsi.

L'hologramme de Vysserk Trois dirigea le tube-bouche vers la tête de Chapman. La bouche s'ouvrit, révélant des centaines, peut-être des milliers de minuscules ventouses suintantes de bave.

Le tube-bouche sembla se refermer sur la tête de Chapman.

Chapman frémit et grelotta de terreur.

— N'oublie pas, Iniss deux deux six, gronda la voix artificielle de Vysserk Trois. Je t'ai donné le corps de ce Chapman. Je t'ai placé dans sa tête parce que je te faisais confiance. Je t'ai donné son cerveau en pâture et j'ai fait de toi mon lieutenant. Mais je peux t'enlever tout ça si tu me déçois. Aimerais-tu voir ce qui est arrivé au dernier idiot qui m'a déçu ?

Soudain, une image animée apparut dans les airs, semblable à un petit film. C'était un deuxième hologramme. Il montrait une femme humaine, hurlant, le visage ravagé par la souffrance tandis que la créature pourpre suçait la moitié supérieure de sa tête.

Chapman se mit à gémir :

— Oh, non, non, Vysserk. Je t'en supplie…

Dans le petit film, un spasme agita soudain la

chose pourpre et translucide. Et la limace commença à glisser hors de l'oreille de la femme. Grise et ruisselante de bave, elle fut irrésistiblement aspirée hors de la tête.

La créature pourpre avala la limace yirk.

Puis, le petit film s'arrêta.

– Pas très joli à voir, n'est-ce pas, Iniss deux deux six ?

Chapman se contenta de secouer la tête, les yeux toujours fixés à l'endroit de l'espace où l'image était apparue.

Vysserk Trois commença à reprendre sa forme d'Andalite.

– Ne me déçois pas, conclut-il.

Soudain, Vysserk Trois disparut. La pièce se retrouva plongée dans l'obscurité. Chapman était assis, voûté au-dessus du pupitre, la tête dans les mains. Un bon moment s'écoula avant qu'il n'ouvre la porte et que nous ne remontions tous les deux l'escalier.

Mme Chapman attendait en haut des marches.

– Quels sont les ordres de Vysserk Trois ? demanda-t-elle dans un murmure.

Chapman la regarda comme s'il venait de voir un fantôme.

– Il veut les résistants andalites. Il... a morphosé en Varnax. Le fléau des Yirks.

Il parlait lui aussi à voix basse, en jetant des coups d'œil vers l'escalier. Je suppose que c'était pour s'assurer que Melissa ne pouvait pas les entendre.

Mme Chapman frissonna.

– J'avais entendu dire qu'il avait acquis un Varnax. Je croyais que c'était une histoire inventée pour nous effrayer.

– Il m'a montré... il m'a montré comment il a détruit Iniss un sept quatre.

Mme Chapman sembla scandalisée.

– Il s'est servi d'un Varnax contre un Iniss de la deuxième centurie ?

– Saleté d'Andalite-Contrôleur ! cracha Chapman d'une voix haineuse. J'espère que le Conseil des Treize va découvrir quel chaos il sème sur cette planète. Qu'ils lui prennent son corps d'Andalite et qu'ils l'envoient croupir dans quelque bassin perdu du monde natal !

– Ne souhaite pas ça, remarqua Mme Chapman d'un air sinistre. Bien avant d'avoir perdu le pouvoir, tu peux être sûr que Vysserk Trois t'aura éliminé pour ne pas avoir réussi à retrouver les Andalites.

Mes oreilles de chat détectèrent le bruit avant M. et Mme Chapman. Un mouvement. Des pas humains. J'orientai mes oreilles vers l'escalier.

– Maman ? Papa ? Dites, est-ce qu'un de vous peut m'aider à résoudre mon problème de maths ?

C'était Melissa. Elle se trouvait au milieu de l'escalier. Elle s'arrêta et lança un regard confiant vers ses parents. Ou du moins les personnes qui avaient été ses parents.

– Nous sommes occupés pour l'instant, Melissa, lui lança Chapman.

– Et puis, ma chérie, tu es censée faire toi-même tes devoirs. C'est ainsi que tu pourras apprendre, ajouta Mme Chapman. Si tu n'as toujours pas trouvé dans un moment, ton père viendra t'aider.

Le visage de Melissa se crispa. Elle se força à sourire, mais visiblement sans la moindre gaieté.

– Tu as sans doute raison, maman. Mais c'est juste cette histoire de racine carrée...

Elle hésita. Comme si elle espérait que ses parents allaient changer d'avis et monter avec elle.

Mme Chapman sourit. Son sourire était aussi vide que celui de Melissa.

– C'est difficile, les racines carrées, n'est-ce pas ? Mais je sais que tu peux y arriver.

– Je monterai te voir avant que tu te mettes au lit, mon petit cœur, assura M. Chapman.

Le dialogue était plutôt normal. J'imagine que mes propres parents m'auraient dit exactement les mêmes choses. « Ma chérie, mon petit cœur… » Mais c'était dans la façon dont elles étaient dites. Il y manquait quelque chose. De l'humanité. De l'amour. Les mots étaient justes, mais ils sonnaient complètement faux.

C'était horrible. Horrible d'une façon totalement différente des monstres que nous avions affrontés dans le Bassin yirk. C'était le genre d'horreur qui vous donnait envie de pleurer plutôt que de hurler.

Et je me retrouvai soudain en train de courir à la poursuite de Melissa tandis qu'elle remontait l'escalier. Lorsque j'entrai dans sa chambre, elle était assise sur le lit et commençait à sangloter.

< Rachel ? Tu peux m'entendre ? >

< Oui, Tobias. Je suis remontée du sous-sol. Je suis à l'étage, dans la chambre de Melissa. >

< Ouf ! J'ai essayé de t'appeler toutes les minutes ou presque. J'avais peur que tu sois coincée en bas. >

< Non, j'ai pu ressortir. >

< Bien. Il te reste encore plus d'une heure, mais Micha essaie de rentrer à la maison. Cassie, Jake et Marco tentent de le retenir. Mais tu sais mieux que personne à quel point il peut être mauvais. >

Melissa cacha la tête sous un oreiller et se mit à pleurer.

< Je ne peux pas encore partir >, fis-je.

< Rachel, si le véritable Micha arrive pendant que tu es encore ici... >

< Ouais, je sais. Mais je ne peux vraiment pas partir maintenant. J'ai quelque chose à faire, d'abord. >

Je m'approchai du lit. Petite comme je l'étais, le bord du lit ressemblait à un mur. Cela aurait pu être le mur de côté d'un bâtiment d'un étage. Je pris appui sur mon arrière-train et concentrai mon énergie dans les muscles de mes pattes. Puis je bondis sans effort pour atterrir avec une grâce aérienne sur le lit.

Je m'approchai de Melissa et reniflai les touffes de cheveux qui émergeaient de sous l'oreiller. J'entendis un son qui venait de quelque part. C'était un son qui me rappelait ma mère.

Il me rappelait mes deux mères. La mère humaine, et la chatte qui avait léché ma fourrure et m'avait transportée dans sa gueule.

Je reconnus ce son. C'était un ronronnement.

C'était mon ronronnement.

Melissa passa son bras autour de moi et m'attira contre elle. Ce contact physique me déplut un peu. Il incita le chat qui était en moi à s'en aller. Puis, elle commença à me gratter dans le cou et derrière les oreilles. Je ronronnai un peu plus fort et décidai de rester un moment.

– Je ne sais pas ce que j'ai fait, dit Melissa.

Je fus effrayée de l'entendre me parler. Avait-elle deviné la vérité ? Savait-elle que j'étais humaine ?

Non. Ce n'était qu'une jeune fille qui parlait à son chat.

– Je ne sais pas ce que j'ai fait, répéta Melissa. Dis-le-moi, mon Micha. Qu'est-ce que j'ai fait ?

< Rachel, qu'est-ce que tu fabriques là-dedans ? >

< Tobias, il me reste plein de temps. >

< Il te reste moins d'une heure. Ne prends pas de risque. Jake est à moitié dingue, dehors. Il me dit de t'ordonner de sortir. >

< Pas encore. Melissa a besoin de moi. >

J'avais cessé de ronronner. Sans doute parce que j'étais préoccupée, à cause de ma discussion avec Tobias. Je recommençai à ronronner. Je sentais que Melissa en avait besoin. Elle continuait de pleurer. Elle continuait de me caresser derrière les oreilles.

– Qu'est-ce que j'ai fait, Micha ? gémit-elle à nouveau. Pourquoi est-ce qu'ils ne m'aiment plus ?

J'eus alors l'impression que mon propre cœur allait se briser. Parce que je comprenais maintenant pourquoi Melissa ne sortait plus avec moi. Je comprenais pourquoi elle était devenue distante. Et je savais combien il y avait peu de chance qu'elle s'en sorte.

J'en avais l'estomac noué.

La prochaine fois que Marco demanderait pourquoi nous combattons les Yirks, je savais que j'aurais une nouvelle réponse. Parce qu'ils détruisent l'amour d'un père et d'une mère pour leur fille. Parce qu'ils ont fait pleurer Melissa Chapman, en ne lui laissant qu'un chat pour la consoler.

Ce n'était pas une raison très profonde. Je veux dire que ça ne concernait pas l'avenir de l'espèce humaine et tout. Il ne s'agissait que de cette fille, et d'elle seule. Mon amie. Dont le cœur était brisé parce que ses parents n'étaient plus réellement ses parents.

< Écoute, Rachel, j'ai rapporté ta réponse à Jake. Il dit que tu dois te souvenir que tu as une mission à remplir. Tu n'es pas dans cette maison pour... >

< Dis à Jake de la boucler, Tobias, m'exclamai-je avec fureur. Je vais sortir. D'accord, je vais sortir. Mais pas tout de suite. >

Je ronronnai aussi fort que je le pouvais. Melissa pleurait. Et ce fut comme une vision. Je vis tous les enfants dont les parents avaient été changés en

Contrôleurs. Et les parents auxquels on avait pris leurs enfants pour en faire des Contrôleurs. C'était une image terrible. Je me demandai ce qu'on pouvait ressentir en voyant ses parents cesser de vous aimer.

Au bout d'un moment, Melissa s'endormit. Je me levai et descendis l'escalier jusqu'à la chatière.

Dehors, il faisait froid. Mes amis m'attendaient tous. Ils étaient aussi quelque peu malades d'impatience et d'inquiétude à mon sujet.

– Il ne te reste que dix minutes, Rachel, m'avertit Jake. J'espère que ça valait la peine de nous rendre tous à moitié fous. Est-ce que tu as au moins découvert quelque chose d'utile ?

< Oui. Un tas de choses. J'ai découvert que Chapman dispose d'un moyen de communication direct avec Vysserk Trois. J'ai découvert que Vysserk Trois est très pressé de nous attraper, bien qu'il s'imagine toujours que nous sommes des Andalites. Et j'ai aussi pris une décision. >

– Laquelle ? demanda Cassie.

< J'ai décidé que peu importe ce que ça me coûte, ou les risques que je dois courir. Je me fous de ce qui peut m'arriver. Je hais ces Yirks. Je les hais. Je les hais. Et je trouverai un moyen de les arrêter. >

CHAPITRE
15

Cette nuit-là et le lendemain matin, je parvins tout juste à bâcler une partie de mes devoirs. En cours de maths, j'obtins mon premier C depuis longtemps. Mes notes commençaient à baisser parce que j'étais trop occupée à sauver le monde. Ou du moins à sauver ma vieille amie.

Je savais maintenant ce qui s'était passé. Pourquoi Melissa et moi nous n'étions plus des amies, enfin, plus des amies intimes.

Quelque chose de terrible avait bouleversé sa vie. Ses parents ne l'aimaient plus. Ils faisaient comme s'ils l'aimaient, ils paraissaient l'aimer, mais Melissa savait que c'était faux.

Chaque fois que j'y pensais, j'avais l'impression que j'allais m'étouffer de rage. Je crois que je comprenais un petit peu ce qu'elle ressentait. Quand mes parents avaient divorcé, j'avais eu peur que ça puisse signifier qu'ils ne m'aimaient plus.

J'avais tort. Ils m'aimaient toujours autant. Je ne vois pas mon père aussi souvent que je le voudrais, mais il m'aime vraiment. Tout comme ma mère. Et même mes sœurs. L'amour a une immense importance. C'est comme porter une armure. Il vous rend plus fort.

A la sortie du cours de maths, Jake se glissa près de moi.

– Réunion, tout à l'heure, d'accord ?

– Ouais. Quand vous voulez. Où ça ?

– Au clocher de la vieille église, comme l'autre jour.

– D'accord, mais c'est loin.

Il se retourna pour me faire face, marchant à reculons en souriant.

– Alors n'y va pas à pied, répliqua-t-il, avant de me faire un geste d'adieu et de s'éloigner.

Deux heures plus tard, je volais. Si vous voulez savoir, arracher un gros corps d'aigle du sol n'a rien d'une partie de plaisir. C'est même un sacré boulot. Je me demandai si mon corps humain recueillait quelque bénéfice de ce genre d'exercice.

Après avoir décollé, je parvins à capter quelques

petits courants qui me permirent de prendre de l'altitude. Mais ce n'est qu'une fois parvenue au-dessus des arbres et des bâtiments du collège que je trouvai une brise assez forte et constante pour m'aider à prendre de la hauteur.

Quand je fus enfin assez haut, j'aperçus Tobias. Les plumes rougeoyantes de sa queue flamboyaient comme un fanal.

< Tu parles d'une séance d'entraînement ! > m'exclamai-je quand je fus assez près.

< Tu n'as qu'à me demander. Suis-moi. Le centre-ville est un endroit merveilleux pour les thermiques. >

< Le centre-ville ? Pourquoi le centre-ville ? >

< C'est à cause de tous ces parcs de stationnement. Tu comprends, le bitume chauffe sous le soleil. Le bitume, les voitures, les bâtiments eux-mêmes, ils sont tout chauds. Ce qui fait qu'il y a presque toujours un bon courant d'air chaud ascensionnel. >

< Voler, c'est vraiment la meilleure chose au monde ! > déclarai-je rêveusement.

< C'est vrai, approuva Tobias. Une des meilleures choses. Mais il y a aussi des trucs qui manquent. Rester écroulé sur le canapé avec une canette de soda et un paquet de chips quand y a pas d'école le lendemain

et quelque chose de chouette à la télé. C'est pas désagréable non plus. >

Il n'avait pas l'air de le regretter pour lui-même. Il faisait juste la remarque.

< Voilà l'église. Je vois un autre oiseau qui arrive. Et je crois que je vois Cassie qui démorphose. >

< On descend >, annonça Tobias.

Dix minutes plus tard, j'avais quitté mon animorphe pour retrouver mon corps humain.

– Vous savez ce qu'on devrait faire ? proposa Marco. On devrait assortir ces tenues d'animorphe. Franchement, regardez-vous un peu : Cassie avec ses jambières à motifs verts et son débardeur en Stretch mauve, Jake avec ses grotesques cuissards de cycliste, et Rachel, très chic, comme toujours, dans ses collants noirs. Le tout mis ensemble, on a vraiment l'air de n'importe quoi.

– Qu'est-ce que tu voudrais ? lui demanda Jake. Qu'on soit tous en bleu avec un gros numéro quatre sur la poitrine ? Tu veux qu'on devienne les Quatre Fantastiques ?

< Les Quatre Fantastiques plus l'incroyable Ado Oiseau >, précisa Tobias.

– Pas question, rétorqua Marco. Pas les Quatre

Fantastiques. Je penserais plus à quelque chose comme les X-Men. Je ne tiens pas à ce qu'on soit habillés pareil, je voudrais juste qu'on ne soit pas ridicules. Si là, maintenant, n'importe qui nous voyait, il ne se dirait pas : « Ouah, génial, des superhéros ! », il penserait : « Regarde ceux-là, leur tenue est vraiment nulle. »

– Marco, intervins-je. Je crois qu'il serait temps que tu te sortes un peu ces histoires de la tête. Nous ne sommes pas des superhéros. Nous ne sommes pas dans une BD.

– Oui, mais j'aurais vraiment très, très envie qu'on y soit, dans une BD. Tu vois, dans une BD, les héros ne meurent jamais. Bon, d'accord, ils ont tué Superman une fois, mais il s'en est finalement sorti !

– Est-ce qu'on ne pourrait pas revenir un peu sur terre ? s'énerva Jake. Il y a des choses importantes dont on doit discuter.

– Quel mal y a-t-il à combiner du vert et du mauve ? demanda Cassie à Marco.

– En matière de mode, c'est un interdit majeur. Ce sont deux couleurs complètement impossibles à marier, expliqua-t-il.

– Tu as encore lu *Vogue*, Marco ? le taquinai-je.

149

Jake plaqua sa main sur la bouche de Marco.

– Ça suffit ! Soyons raisonnables. Nous devons décider de ce que nous allons faire.

Marco repoussa la main de Jake.

– Je veux décider de ce que nous n'allons pas faire. Il faudrait que je passe plus de temps avec mon père. Vous savez, il est toujours dans un sale état depuis que ma mère...

La voix de Marco se brisait toujours quand il évoquait sa mère. Il commençait à parler d'une voix ferme et puis les mots se coinçaient dans sa gorge avec un petit chevrotement. Il y avait deux ans qu'elle avait disparu. On avait dit qu'elle s'était noyée, mais on n'avait jamais retrouvé son corps. Son père avait complètement craqué. C'était surtout pour cette raison que Marco manifestait tant de méfiance à l'égard des Animorphs. Il craignait que, s'il lui arrivait quelque chose, son père ne s'effondre totalement.

Je vis que Jake était sur le point d'exprimer son impatience. Et je pensais la même chose que lui, que Marco avait seulement besoin d'accepter la réalité.

Mais Cassie posa la main sur le bras de Marco.

– Rien de ce que nous faisons ne doit t'empêcher de passer tout le temps que tu peux avec ton père, affirma-t-elle avec conviction. Il a besoin de toi. Nous aussi, nous avons besoin de toi, Marco, mais ton père vient en premier.

Elle tourna les yeux vers Jake, puis vers moi, et ajouta :

– Ça ne rime pas à grand-chose de faire tout que nous faisons si nous oublions pourquoi nous le faisons.

Je pensai à Melissa. Et je pensai à mon père et à ma mère, et je me dis combien c'était merveilleux de les avoir tous les deux, même quand ils m'énervaient parfois.

– Cassie a raison. Quand tu seras chez toi, dis à ton père que tu l'aimes, Marco, ajoutai-je sans réfléchir.

Ce n'était pas le genre de trucs que j'avais l'habitude de dire.

– Merci, docteur Rachel, fit Marco.

Il avait dit ça pour rire, mais j'avais bien vu qu'il savait de quoi je parlais. Et soudain, il parut entièrement concentré sur la réunion et se frotta vigoureusement les mains.

– OK, un peu de sérieux, les amis. Comment on va s'y prendre pour réussir à se faire tuer, la prochaine

fois ? Se changer en mouches à un congrès de gre-
nouilles ? Morphoser en dindes pour Thanksgiving ?

– Je veux y retourner, lançai-je. Je veux retourner
chez Chapman.

– Mais pourquoi ? s'étonna Jake. Nous en avons
déjà appris beaucoup. Nous savons...

– Nous ne savons toujours pas où se trouve le Kandrona, fis-je remarquer. C'est ce que nous allons
devoir découvrir tôt ou tard. L'Andalite a bien fait comprendre à Tobias que le Kandrona était le point faible
des Yirks. Qu'il émet des rayons qui alimentent les
Bassins yirks. Si nous pouvions détruire le Kandrona,
nous leur infligerions un coup terrible.

Marco haussa un sourcil sceptique.

– Excuse-moi, Rachel, mais c'est quoi un Kandrona ? Nous savons peut-être ce que fait ce machin,
mais pas à quoi il ressemble. Et quelles sont ses
dimensions ? Si ça se trouve, c'est de la taille d'un bri-
quet et c'est rangé dans la poche de Vysserk Trois.

< D'après ce que m'a dit l'Andalite, j'ai pas vrai-
ment l'impression que ça puisse être comme ça >,
objecta Tobias.

– Quoi qu'il en soit, répliqua Marco avec impatience, le problème, c'est de savoir comment on pour-

rait détruire quelque chose alors qu'on ne sait même pas ce que c'est !

– C'est pourquoi nous devons suivre la seule piste que nous avons, expliquai-je. Chapman. Chapman communique avec Vysserk Trois. Ils savent tous les deux où se trouve le Kandrona. En les espionnant, j'arriverai peut-être à le découvrir.

Tous les regards étaient fixés sur moi. Marco me dévisageait comme si j'étais devenue dingue. Jake avait l'air songeur. Cassie semblait soucieuse, comme si elle croyait avoir mal entendu ce que je disais.

Tobias braqua sur moi ses yeux farouches et intimidants de rapace.

< Es-tu sûre que tu veux seulement y retourner pour espionner Chapman ? > me demanda-t-il sans que les autres puissent entendre.

– Je ne pense pas que tu devrais y retourner seule, estima Jake.

– Et qui d'autre pourrait venir avec moi ? demandai-je. Il ne peut pas y avoir deux chats à se promener dans la maison ! Alors qu'en étant Micha, je peux me balader partout sans attirer les soupçons.

Pour dire la vérité… je n'avais raconté à personne que Vysserk Trois avait ordonné à Chapman de me tuer. Je savais que ce n'était pas bien de faire ce genre de cachotterie au reste du groupe. Mais si je leur en avais parlé, ils ne m'auraient jamais laissée y retourner.

Malheureusement, si Jake se laisse prendre à ce genre de mensonge, ce n'est pas le cas de Cassie.

– Tu es sûre de n'avoir eu aucun problème pendant que tu étais dans la maison, Rachel ? me demanda-t-elle tout en m'observant avec ce regard qu'elle prend quand elle essaie de savoir ce que quelqu'un a derrière la tête.

– C'était effrayant, admis-je. Mais il ne s'est rien passé.

Ce n'était pas tout à fait un mensonge. C'était une sorte de mensonge, mais ça n'en était pas vraiment un.

Cassie réfléchit un moment. Son regard se perdit dans le vide. Soudain, je compris ce qui se passait : Tobias lui parlait. Il lui disait quelque chose. Elle hochait légèrement la tête comme pour approuver.

Tobias ne savait pas ce qui s'était passé avec Vysserk Trois. Mais il savait que j'étais dans un drôle d'état quand j'étais remontée de ce sous-sol.

– Je pense qu'il faudrait qu'on trouve un moyen pour que quelqu'un puisse accompagner Rachel, suggéra finalement Cassie.

– Qu'est-ce que tu comptes faire ? Te changer en puce et t'installer sur mon dos ?

Elle sourit et haussa légèrement les épaules.

– Je voulais simplement dire qu'il faudrait qu'on y réfléchisse.

– D'accord, admit Jake. Rachel va y retourner. On aura peut-être plus de chance cette fois.

– De la chance, on n'en a pas eu depuis qu'on a mis les pieds dans ce chantier abandonné et qu'on a rencontré notre premier extraterrestre, ronchonna Marco.

– Les choses pourraient peut-être bien changer, affirmai-je. Je vais retourner là-bas et trouver un moyen de combattre ces vermines de Yirks !

< Ce n'est pas la seule raison qui te fait y retourner, ajouta Tobias dans ma tête. Tu n'y vas pas seulement pour faire du mal aux Yirks, tu vas retourner là-bas parce que tu veux aider Melissa. >

– Ça revient au même, répliquai-je.

J'imagine que les autres se demandaient à qui je pouvais bien parler.

CHAPITRE
16

C'était une sombre nuit d'orage.

Désolée, j'ai toujours rêvé d'écrire ça. Mais c'était vraiment une sombre nuit d'orage.

– Où est Jake ? demandai-je lorsque nous nous sommes tous retrouvés au bas de la rue menant à la maison des Chapman.

Tous les autres étaient là. Cassie et Marco portaient des imperméables, bien qu'il n'ait pas encore commencé à pleuvoir. Tobias était au-dessus de nous, cramponné à une branche d'arbre d'où le vent cherchait à l'arracher.

– Jake a dû rester chez lui, expliqua Marco. Paraît que son père lui a interdit de sortir, ou un truc comme ça.

– Pourquoi son père lui a interdit de sortir ?

– Comment tu veux que je le sache ? protesta

Marco d'un air maussade. Tu sais ce que c'est, les parents. Ne me demande pas de t'expliquer ce qui se passe dans leur tête.

Je me mordis la lèvre. Je ne sais pas pourquoi, l'absence de Jake me rendait plus nerveuse. Et puis, le vent fou qui soufflait dans les branches des arbres ne faisait rien pour me rassurer.

< J'ai repéré Micha, annonça Tobias en nous parlant à tous mentalement. Il est occupé à torturer un petit rat qu'il a déniché. Mais au moins ce n'est pas une musaraigne. >

– Écoute, ce n'est pas parce que j'ai été dans la peau d'une musaraigne, que je suis devenue fan de ces bestioles ! protestai-je, puis je pris une profonde inspiration. Bon, et puis j'imagine qu'on ne peut pas toujours espérer que tout le monde soit là. Alors allons-y sans Jake.

Je jetai un coup d'œil vers Cassie. Elle souriait d'un air étrange. Il se passait quelque chose avec elle, mais je n'avais pas le temps de savoir quoi.

< Je vais inspecter le secteur >, annonça Tobias.

Il ouvrit à peine ses ailes et fut immédiatement éjecté de l'arbre par le vent. Je le regardai braver la tempête avec une adresse incroyable, plongeant dans les airs pour disparaître rapidement du champ de vision limité de mes faibles yeux humains.

Au bout d'un moment, nous avons vu une masse sombre fuser au-dessus de nos têtes à quelque quatre-vingts kilomètres à l'heure.

< La voie est libre ! > nous lança Tobias en passant.

Je me sentais dans un état bizarre. Un peu nauséeuse. Un peu effrayée. Tout paraissait bizarre, cette nuit. Et le plus étrange, c'était que je savais que je me sentirais mieux dès que j'aurais morphosé.

Je me concentrai. La première goutte de pluie tomba à l'instant où je sentis pousser ma queue. Le temps que je me retrouve à quatre pattes sur le sol, au milieu de mes vêtements comme sous une tente, il s'était mis à pleuvoir pour de bon.

– Alors là, c'est parfait, grogna Marco. Ça devient de plus en plus marrant.

< Au moins tu as un imper, répliquai-je. Moi je n'ai qu'une fourrure. Et avec cette pluie, je suis incapable de flairer quoi que ce soit. >

Cassie vint s'accroupir à côté de moi. C'est une fille d'une taille tout à fait normale, mais quand on est un chat de cinq kilos, tous les humains ressemblent à King Kong.

– Sois prudente, Rachel, me dit Cassie.

Et puis, elle me caressa la tête. Je commençai à m'éloigner, mais elle laissa sa main sur mon pelage pendant quelques secondes. Puis, elle se releva avec un sourire mystérieux.

Je cessai de me poser des questions à propos de Cassie. Les chats n'éprouvent pas beaucoup d'intérêt pour les humains en général, sauf s'il est question de nourriture.

< Je suis partie >, annonçai-je.

Je me mis à courir à une allure moyenne. Les chats n'aiment pas la pluie. Je pouvais le sentir dans le cerveau du chat. J'avais toujours pensé que tous les chats haïssaient l'eau. Ce n'était pourtant pas l'attitude de Micha. En fait, pour lui, tout était affaire d'odeurs et de sons, et la pluie emportait les odeurs. Sans rien à flairer, un chat se sent mutilé et perdu.

Presque aussi gênant que la perte des odeurs, le clapotis de la pluie rend difficilement audibles les sons importants comme les petits couinements haut perchés et les grattements furtifs des proies.

La pluie est aux chats ce que l'obscurité est aux humains. Elle rend le monde entier passablement ennuyeux.

Je galopai donc vers la chatière, pressée de retrouver les odeurs et les sons familiers de mon foyer. C'était du moins ce que pensait Micha. Moi, je continuais de me demander pourquoi Jake n'était pas venu. Et je me demandais aussi si ce n'était pas une sorte de mauvais présage. J'avais un mauvais pressentiment par rapport à toute cette mission.

Je savais comment me diriger à l'intérieur de la maison des Chapman, tant comme chat que comme être humain. Et je savais parfaitement quel était le programme. La dernière fois, Vysserk Trois avait établi le contact à huit heures précises. S'il communiquait avec Chapman à la même heure tous les soirs, j'étais arrivée juste au bon moment.

Chapman était assis sur le canapé, comme l'autre fois. Et, exactement comme je l'avais espérée, à huit heures moins trois il se leva et se dirigea vers le sous-sol.

Tout mon plan consistait à descendre avec lui. Je me souvenais de la disposition de la petite chambre secrète. Je me souvenais du pupitre. Je savais que si je pouvais me débrouiller pour le suivre à son insu et pour me cacher sous le pupitre, je serais invisible à ses yeux, et à ceux de l'hologramme de Vysserk Trois.

Le problème, c'était que tout le plan exigeait que Chapman ne me remarque pas.

Il s'avança vers la porte du sous-sol. Je le suivis en adaptant mon allure à la sienne. La ruse consistait à me maintenir à tout juste quelques centimètres en arrière de ses pieds. Là, il ne pouvait pas me voir. Mais je devais surveiller ses pieds avec la plus grande attention. Si jamais il marquait un temps d'arrêt, une simple hésitation, je risquais de lui rentrer en plein dedans, ce qui, à la vérité, ne serait pas précisément une attitude de chat.

Il marchait. Je suivais son pas à la perfection, juste sur ses talons.

Il s'engagea dans l'escalier. Je pensais que ce serait la partie la plus facile. Lorsqu'on descend un escalier, en général on regarde où on va. On ne se retourne pas pour regarder en arrière. Mais un seul bruit, un geste maladroit, et c'en était fini de moi.

Nous avons atteint le pied des marches. Soudain, Chapman s'arrêta net.

Je bondis derrière le divan.

Il jeta un coup d'œil circulaire, comme s'il avait entendu un bruit. Ou peut-être avait-il juste senti quelque chose.

Je me figeai sur place. Je ne bougeai pas un muscle.

Il repartit vers la porte. Je me remis à le suivre.

< Alors, qu'est-ce qui se passe ? >

Je faillis faire une crise cardiaque.

Ma queue tripla de volume. La fourrure de mon échine se hérissa. Je fus à deux doigts de filer comme une flèche.

Chapman s'arrêta et je manquai de buter dans ses jambes. Il déplaça son pied gauche. Je l'esquivai de justesse. Il recula un petit peu. Je me tortillai pour l'éviter.

< C'est moi, Jake. Qu'est-ce qu'il se passe, Rachel ? >

Jake ?

Chapman ouvrit la porte de la chambre secrète. Il entra. J'étais exactement entre ses deux gros pieds monstrueux. Si jamais il baissait les yeux...

Mais il ne le fit pas. Et, quand il se retourna pour fermer la porte derrière lui, je bondis sous le pupitre et me blottis dans le recoin le plus profond et le plus sombre.

J'avais réussi... d'extrême justesse. J'étais vivante... pour l'instant.

< Rachel ? Tu m'entends ? >

< Jake ! Où es-tu ? Tu as failli me faire mourir de trouille ! >

< Nous sommes en sécurité ? >

Il avait l'air inquiet. Moi, j'étais seulement furieuse.

< Qu'est-ce que tu entends par *nous* sommes en sécurité ? hurlai-je dans sa tête. Où es-tu ? >

< Ben... je suis plus ou moins sur toi. >

< Sur moi ? Jake, c'est pas le moment de rigoler ! >

Chapman s'assit derrière le pupitre. Il mit ses pieds sous le meuble et je les esquivai de justesse.

< Désolé, je ne peux pas voir exactement où je suis. >

Je ne quittai pas des yeux les pieds de Chapman. Les chats disposent d'un incroyable pouvoir de concentration. Je me concentrai intensément sur ces gros pieds, qui étaient l'un et l'autre presque aussi grands que moi. Il fallait à tout prix que je reste hors de leur portée. C'était la clé de ma survie.

< Jake, nous sommes dans une situation très spéciale, ici. Alors, en dix mots ou en moins, où es-tu ? >

< En dix mots ou en moins, j'ai morphosé, avoua Jake. Je suis une puce. >

CHAPITRE
17

< Je te demande pardon ? Ça aurait pu être drôle si je n'avais pas été si terrifiée. Tu es bien en train de me dire que tu as morphosé en puce ? >

< Ben ouais. Je suis sur ton dos. Ou sur ta tête. Je peux pas dire. J'ai pas vraiment d'yeux. Enfin, c'est pas des yeux qui distinguent les choses que j'arrive à comprendre. Tu vois, tout ce que je sais, c'est chaud ou pas chaud. Je... je crois que je peux sentir le sang. C'est à peu près tout. Et j'arrive plus ou moins à percevoir des mouvements. Comme quand tes poils se sont hérissés, j'ai su qu'il se passait quelque chose autour de moi. >

< Jake, c'est répugnant. Plus que répugnant, c'est innommable. Qu'est-ce qu'il t'a pris, enfin ? Une puce ? Tu es cinglé, ou quoi ? Ça t'avait déjà rendu malade de te changer en lézard, mais ça c'est bien pire ! >

< Pour l'instant, ça se passe pas trop mal, assura-t-il. Tu vois, je sais pas trop comment t'expliquer, mais la puce est si limitée que j'ai presque aucun mal à la contrôler. Tout ce qu'elle sait faire, c'est se déplacer quand elle sent du sang chaud pour casser la croûte. C'est comme… je sais pas, en un sens c'est comme si j'étais pas réellement dans la puce, vu que je peux pratiquement rien voir ou sentir. Je m'attendais à ce que ça soit abominable, mais quand on a essayé avec Cassie et Marco… >

< Parce qu'ils sont dans le coup avec toi ? >

Évidemment ! voilà pourquoi Cassie avait pris le temps de me caresser le dos avant de me laisser partir. C'était pour déposer Jake dans ma fourrure.

< Rachel, on était inquiet pour toi. On a décidé qu'il fallait que quelqu'un vienne avec toi. Tobias a dit… >

< Ah, alors Tobias aussi est derrière tout ça. >

< Tobias a expliqué que tu ne nous avais pas tout raconté. Il n'était pas sûr de savoir pourquoi, pas plus qu'il ne savait ce que tu ne voulais pas dire. >

Je soupirai intérieurement. Je pense que c'est une bonne chose d'avoir des amis qui se soucient de vous. Mais d'un autre côté, j'avais bien failli me faire repérer par Chapman à cause de Jake. En plus, la seule idée de Jake morphosé en puce et rampant dans ma fourrure me rendait aussi malade que vous pouvez l'imaginer.

Soudain, la lumière éclatante jaillit. Vysserk Trois apparut au milieu de la pièce.

< Jake, Vysserk Trois est là sous forme d'holo-gramme. Alors ne me dérange pas, d'accord ? Nous sommes cachés sous le pupitre de commande, à moins de deux centimètres du pied de Chapman. >

< Ah. Mais ça ne fait rien s'il te voit, non ? Il va sim-plement te prendre pour le chat, quoi. Y a pas de pro-blème. Faut simplement que tu fasses attention à ne pas agir de façon suspecte. >

J'hésitai. Oh, et puis de toute façon, il aurait fallu que ça sorte tôt ou tard. < Heu... Jake ? Tu sais, ce que je ne vous avais pas raconté, c'est que Vysserk Trois m'a vue ici la dernière fois. Il a dit à Chapman qu'il devrait sans doute... tu vois, heu... me tuer. Il avait peur que je sois un Andalite sous animorphe. >

Durant un moment, Jake ne dit rien. J'avais l'im-pression qu'il faisait un gros effort pour se retenir de me crier dessus. Finalement, il n'y parvint pas.

< Rachel, tu es cinglée ? Tu es redescendue ici après ça ! T'es pas un peu malade ? >

Mais juste à cet instant, Chapman commença à parler.

– Bienvenue, Vysserk Trois. Iniss deux deux six du bassin du Sulp Niaar est à tes ordres. Que le Kandrona brille sur toi et que sa force soit avec toi.

– Et avec toi, répondit sèchement Vysserk Trois. Au rapport.

– J'ai quatre nouveaux hôtes volontaires, Vysserk Trois. Deux sont des enfants recrutés par le Partage. Sur les deux adultes, l'un est un agent du FBI, une sorte de policier. Il pourrait se révéler très...

– Imbécile !

La voix artificielle de Vysserk Trois était monocorde, mais elle était chargée de colère.

– Qu'ai-je à faire d'une poignée d'hôtes ? Qu'as-tu appris sur les résistants andalites ?

– Vysserk Trois, que puis-je faire... tant qu'ils ne se montrent pas ?

– Ils ont utilisé des animaux terriens au cours de l'attaque du bassin. Ils ont utilisé de puissants et dangereux animaux terriens. Cherche à savoir comment ils ont pu acquérir de telles animorphes. Mes experts locaux me disent que ce sont des animaux rares sur cette partie de la planète.

– Oui Vysserk Trois. Je vais…

– Oui. Tu vas le faire. Et il y a encore autre chose. Il nous faut six humains-Contrôleurs de plus. Nous en avons besoin pour renforcer la garde autour du Kandrona.

< Qu'est-ce qu'il se passe ? > demanda Jake.

< Chapman se fait engueuler par Vysserk Trois. >

< Dommage que Marco ne soit pas là. Ça lui plairait de voir Chapman se faire crier dessus. >

< Il aimerait drôlement nous attraper. Ou du moins il voudrait bien attraper les Andalites pour qui il nous prend. Il veut mettre des gardes supplémentaires autour du Kandrona. Des humains-Contrôleurs. >

< C'est intéressant, ça. Peut-être qu'il va… >

Le pied bougea trop vite. La pointe de la chaussure se planta dans mes côtes.

– Mrrraaaoowwww !

Chapman s'écarta du pupitre. Il passa carrément au travers de l'hologramme de Vysserk Trois. Pendant un bref instant, ils semblèrent se confondre, comme s'ils ne formaient qu'une seule horrible créature.

– Que se passe-t-il ? demanda Vysserk Trois.

Chapman se baissa et me fixa d'un regard à la fois horrifié et furieux.

Mes oreilles se plaquèrent sur mon crâne. Mes griffes jaillirent. J'exhibai mes crocs.

– C'est l'animal, Vysserk Trois. Le chat, expliqua Chapman d'une voix pleine d'horreur et de fureur.

Vysserk Trois émit un bruit inquiétant, mélange de gargouillement et de sifflement.

– Tu aurais dû le tuer quand je te l'avais dit, Iniss deux deux six.

– Mais Vysserk Trois... protesta Chapman.

– Et une fois de plus, ça prouve que j'avais vu juste, grinça Vysserk Trois. Désormais, il ne fait plus de doute que ce chat est l'un des résistants andalites.

< Jake ? On est fichu. On est faits comme des rats ! >

– Plus besoin de chercher les Andalites, fit Vysserk Trois. Nous en avons un ici même.

– Dois-je le tuer ? demanda Chapman.

– Non. Ne le tue pas. Empare-toi de lui. Empare-toi de lui tout de suite, avant qu'il ne puisse démorphoser pour retrouver sa forme d'Andalite. Quand je tiendrai celui-là, nous les tiendrons tous ! Il y a longtemps que je n'ai pas torturé un fier guerrier andalite. Mais je sais comment les briser. Saisis-toi de lui et amène-le-moi !

Chapman s'empressa d'obéir.

CHAPITRE
18

Chapman se baissa, les mains grandes ouvertes prêtes à m'empoigner.

J'étais prise au piège. Un piège sans issue. Impossible d'ouvrir cette porte pour m'enfuir.

Prise au piège !

Je n'avais pas d'autre choix que de me rendre.

Mais le chat et moi, nous étions en parfait accord sur un point : pas question de se rendre.

Je sentis mes griffes sortir. Mes pupilles étaient dilatées, prêtes à capter les mouvements les plus infimes. Mes oreilles étaient aplaties contre mon crâne. Mes crocs effilés comme des petits poignards étaient prêts à mordre. Mes muscles d'acier étaient tendus à craquer.

La main de Chapman parut ralentir. C'était comme s'il bougeait tout doucement. Tout semblait plus lent pour mes sens exacerbés de félin. J'étais le seul à évoluer à une vitesse qui me paraissait normale.

Ma patte jaillit en avant. Mes griffes pénétrèrent dans la chair. Elles laissèrent trois traces rouge vif sur le dos de la main de Chapman.

Je flairai l'odeur du sang qui coulait.

— Aaahhh ! hurla Chapman avant de reculer.

— Attrape-le ! rugit Vysserk Trois.

< Qu'est-ce qu'il se passe ? s'inquiéta Jake. J'ai l'impression qu'on fait des bonds ! >

Le visage de Chapman affichait un air de farouche détermination. Il s'avança à nouveau vers moi. J'étais coincée.

Je frappai. Chapman hurla.

Mes griffes le lacérèrent sans pitié, couvrant ses mains et ses bras de traces sanglantes.

Il me saisit par le milieu de l'abdomen. Le chat qui était en moi détestait qu'on le prenne ainsi.

Il détestait ça au plus haut point.

Mes crocs passèrent à l'attaque. J'étais un foudroyant paquet de nerfs de cinq kilos armé de griffes et de crocs. Les mains de Chapman commençaient à ressembler à un steak tartare.

— Quel magnifique animal ! commenta Vysserk

Trois. Retourne-le. Tiens-le avec ton avant-bras. C'est ça !

J'entaillai des masses de chair et fis gicler des flots de sang. Vous pouvez me croire, je fis souffrir Chapman.

Mais j'avais beau être un farouche combattant, je n'étais jamais qu'un tueur de cinq kilos. Chapman était quelque dix-huit fois plus gros.

Il passa son avant-bras autour de ma poitrine. Il me serra contre lui. Mes pattes avant étaient bloquées. Avec son autre bras, il réussit à coincer mes pattes postérieures.

Je ne pouvais plus que mordre.

Je ne m'en privai pas. Je mordis encore et encore. Mais malgré tout le mal que je pouvais lui faire, je ne pouvais pas le tuer, ni l'arrêter. Sa peur de Vysserk Trois était plus forte que la douleur que je parvenais à lui infliger.

– Amène-le-moi ! ordonna Vysserk Trois, plein d'enthousiasme. Amène-le-moi. Je viendrai le chercher au point d'atterrissage le plus proche.

– Vysserk Trois, que dois-je faire s'il… Aïe, aïe, ouille !… Que dois-je faire s'il reprend sa forme d'Andalite ?

– Tu as des armes. S'il tente de démorphoser, tue-le !

– Oui… Aaaahhh !… Pourriture de bestiole ! Oui, Vysserk. Je viens immédiatement.

– Nous allons pouvoir nous expliquer avec ce résistant andalite. Et amène aussi la fille.

– La fille… Melissa ? demanda Chapman.

– J'ai été trop gentil. Si cet espion andalite a pu s'introduire chez toi, c'est à cause de la fille. J'ai déjà choisi un Yirk pour elle. Amène-la avec l'Andalite. Obéis-moi, Iniss deux deux six. Ou prépare-toi à affronter le Varnax !

L'hologramme de Vysserk Trois s'évanouit. Chapman me jeta soudain à travers la pièce. Je me retournai en plein vol et ramassai mes pattes sous moi pour amortir mon atterrissage. Je touchai le sol.

< Alors là, c'est indiscutable. Il se passe quelque chose ! >

Le temps que je me rétablisse sur mes quatre pattes, Chapman s'était rué sur son pupitre et avait ouvert un tiroir. Sa main sanglante en ressortit avec une sorte de petit pistolet que j'avais déjà pu voir. C'était un lanceur de rayons Dracon.

Chapman braqua son arme sur moi. Il tremblait.

Son visage était ravagé de tics nerveux. Son arme tressautait légèrement à chacune de ses contractions. Mais je savais qu'il ne me raterait pas si j'essayais de bouger.

< Est-ce que tu vas te décider à me dire ce qui se passe ? s'impatienta Jake. Il y a quelques secondes, j'ai senti un autre corps chaud tout près. Et je crois que je flaire aussi du sang. >

< On a de sérieux problèmes >, avouai-je.

< Quel genre de problèmes ? >

< Chapman pointe sur moi un pistolet à rayons Dracon. Il sait que je ne suis pas tout à fait un chat. Il croit que je suis un Andalite. Il va me livrer à Vysserk Trois.

< Ah. Ça craint. >

< C'est encore pire. Vysserk Trois veut aussi Melissa. >

Chapman entrebâilla la porte pour crier dans l'escalier :

– Descends ici ! Tout de suite !

Je suppose qu'il surprit le petit coup d'œil que je glissai vers la porte.

– Essaie, Andalite, me lança-t-il, la bouche tordue par un rictus haineux. Vas-y, essaie ! Je serai ravi d'avoir une excuse pour en finir avec toi !

Je décidai de ne pas approcher de la porte.

— Tu m'as rendu la vie très difficile, me confia Chapman. Très difficile. Si je dois laisser Vysserk Trois prendre la fille, mon hôte va me compliquer l'existence. Sais-tu comme c'est épuisant d'avoir à contrôler un hôte qui résiste ? Non, bien sûr. Mais tu peux me croire, Andalite, je serais vraiment heureux de te tuer.

Mme Chapman surgit dans l'ouverture de la porte.

— Qu'y a-t-il ?

— Ce chat est un des résistants andalites morphosé. Vysserk Trois veut qu'on le lui amène. Va me chercher la cage dont nous nous servons pour le porter chez le vétérinaire.

Mme Chapman hocha la tête et disparut.

< Qu'est-ce qu'il se passe ? > demanda Jake.

< Mme Chapman va chercher une cage >, répondis-je.

Je me sentais totalement vaincue. Par ma faute, les Yirks allaient prendre Melissa. J'avais échoué. J'avais tout gâché.

Mme Chapman apporta la cage. Elle ouvrit la petite porte grillagée.

— Entre là-dedans ! me lança Chapman.

Je ne bougeai pas.

– Entre ! cria-t-il d'une voix cruelle. Ou je t'abats.

Il y semblait bien décidé. J'entrai dans la cage. Mme Chapman ferma la porte et s'assura qu'elle était bien verrouillée.

Chapman saisit la cage par la poignée et m'emporta en haut de l'escalier.

– Maintenant, lança-t-il à sa femme, va chercher... Ouille !

En regardant à travers les fentes dans le côté de la cage, je le vis chanceler. Son visage se crispait et grimaçait comme celui d'un dément. Il semblait avoir beaucoup de peine à contrôler sa bouche.

– Va... chercher... la... fille, grinça-t-il entre ses dents serrées.

Mme Chapman commença à s'éloigner, mais son mari se mit à crier.

– Oh ! Ah ouille !

Il tomba à genoux.

– Il... il... hoaargh !... il me... combat...

– Une rébellion d'hôte ! fit Mme Chapman.

Elle semblait en même temps fascinée et horrifiée. Soudain, sa main gauche lui donna une violente gifle.

– Ahhhhh ! Le mien... le mien... aussi !

– Arrête, Chapman ! vociféra Chapman. Arrête ou

je te casse en deux ! Je ne laisserai de toi qu'une coquille vide. Aucun hôte n'est jamais sorti victorieux d'une rébellion !

Mais l'hôte Chapman n'abandonnait pas.

C'était terrible. Terrible et en même temps si fascinant qu'on ne pouvait s'empêcher de regarder. Un spectateur non averti en aurait simplement conclu que le directeur du collège et sa femme avaient perdu la tête. Chapman se parlait à lui-même en grimaçant affreusement et se contorsionnant sans parvenir à tenir sur ses jambes.

< Les hôtes se battent contre les Yirks ! avertis-je Jake. Les cerveaux humains résistent. Chapman n'est plus sous contrôle. Mme Chapman essaie de s'étrangler avec sa propre main ! Les Yirks s'efforcent de les contrôler. C'est hallucinant ! >

< J'arrive pas à le croire ! J'aurais jamais cru que des hôtes pouvaient trouver la force de se battre comme ça ! >

< C'est à cause de Melissa. Ils se battent pour leur fille. >

— Aaaaarrrrggh ! hurla Chapman qui, soudain, se releva en titubant. Tu ne gagneras pas, Chapman ! Tu ne peux pas résister !

Et c'était vrai. L'hôte Chapman était en train de perdre la partie. Iniss deux deux six reprenait le contrôle de la situation.

Il se passait la même chose avec Mme Chapman. Le Yirk logé dans sa tête forçait la main à s'écarter de sa gorge.

Mais aucun des deux n'avait l'air vraiment en forme.

< Ils sont épuisés, expliquai-je à Jake. Les Yirks reprennent le dessus, mais ils sont tous les deux dans un sale état. Trempés de sueur, livides et encore tout tremblants. >

Chapman regarda sa femme. Ou plutôt, la limace yirk installée dans le cerveau de Chapman ordonna à ses yeux de se tourner vers le corps que contrôlait un autre Yirk.

Désormais, il était difficile de penser à Chapman comme s'il n'était qu'un simple individu. Je venais d'avoir la preuve que deux créatures cohabitaient en lui.

Je savais même comment ça pouvait se passer. Il y avait également deux êtres à l'intérieur de ma tête. J'avais dû lutter pour prendre le contrôle de la musa-raigne, exactement comme le Yirk Chapman luttait à présent pour contrôler le cerveau de l'humain Chapman.

– J'ai repris le contrôle, soupira Chapman.

Mme Chapman opina du chef.

– Moi aussi. Mais de justesse. Ils se battent férocement pour leurs enfants, ces humains.

– Et ils ne vont pas renoncer, reprit Chapman d'une voix pleine d'amertume et de colère. Je ne peux pas continuer avec cet hôte qui guette la moindre occasion pour passer à l'attaque. Il faut que j'aille au collège tous les jours. Pour l'instant, l'hôte est vaincu et épuisé, mais dans quelques jours, il résistera à nouveau. Ce n'est pas un imbécile. Il sait qu'il ne peut pas vaincre... Il sait que chaque bataille le laissera un peu plus faible et que je finirai par triompher. Mais il essaiera de nouveau.

Mme Chapman donna un coup de pied dans ma cage, comme si tout était de ma faute.

– Il n'a pas besoin de vaincre. Il lui suffit d'attendre que tu sois en réunion avec des parents d'élèves ou des membres du conseil d'administration du collège, et de frapper à ce moment-là. Et tout le monde croira qu'il a perdu l'esprit.

Chapman avait l'air halluciné. Il regarda sa montre.

– Je vais amener l'Andalite à Vysserk Trois. Peut-être… peut-être arriverai-je à lui faire comprendre.

– Vas-y, dépêche-toi, lui conseilla son épouse.

Chapman empoigna la cage où j'étais enfermée. Il passa la porte en courant presque et me cogna au passage.

– Papa ? Papa ? Qu'est-ce que tu fais ?

C'était Melissa. Elle était au milieu du séjour. Je ne l'avais pas vue arriver. Où était-elle auparavant ? Je ne pouvais que prier le ciel pour qu'elle n'ait pas tout entendu. Si elle l'avait fait, il n'y avait plus aucun espoir pour elle.

Chapman continua d'avancer. Dans la nuit, sous l'orage.

– Papa ! C'est Micha que tu emportes dans la caisse ?

< C'est Melissa, expliquai-je à Jake. Si elle n'arrête pas, elle va les obliger à l'emmener ! >

– Papa ?

Melissa semblait maintenant effrayée. Elle se mit à courir derrière nous. Chapman pressa le pas. Le vrai Chapman l'y aidait. Il savait que sa fille ne pourrait que compliquer les choses si elle tentait d'intervenir.

– Micha ! cria Melissa.

Il ne restait qu'un espoir.

< Tobias ? hurlai-je en pensée aussi fort que j'en étais capable. Tobias, est-ce que tu m'entends ? >

< Oui, Rachel. >

Sa réponse était faible. Mais c'était bien Tobias.

< Le vrai Micha ! On a besoin de lui. Vite, on a besoin de lui tout de suite ! >

< Rachel, qu'est-ce qu'il y a encore ? > demanda Jake.

– Micha ! Pourquoi tu emportes Micha ? Arrête, papa !

CHAPITRE
19

Nous avons franchi la porte d'entrée. Nous sommes sortis dans la nuit. Melissa nous suivait en sanglotant. Jake continuait de demander ce qui arrivait. Chapman marchait aussi vite qu'il le pouvait.

Melissa s'agrippa au bras de son père. La cage bougea dangereusement.

– Papa, tu ne peux pas emporter Micha ! Tu n'as pas le droit de me le prendre, laisse-le ! Mais enfin, qu'est-ce que tu fais ?

La voiture. Je pouvais la voir dans l'allée. Nous y étions presque.

Tout à coup, j'entendis un miaulement strident, une sorte de cri suraigu qui s'acheva en hurlement.

Il surgit de la nuit, fusant tel un boulet de canon à travers la pelouse.

Le vrai Micha.

Il courait comme si tous les démons de l'enfer étaient à ses trousses.

Dans l'obscurité, les humains ne pouvaient pas voir ce qui effrayait tant Micha. Mais avec mes yeux de chat, je le distinguais parfaitement. Fondant à quelques dizaines de centimètres du sol telle l'ombre ténébreuse de la mort, Tobias pourchassait le chat.

Micha reconnut probablement sa cage. Il crut sans doute que s'il pouvait se réfugier à l'intérieur, il serait à l'abri des terribles serres du prédateur qui le poursuivait.

Micha bondit sur la cage. Il se retrouva perché dessus et se mit à griffer frénétiquement les parois de plastique.

Soudain pétrifié, Micha du Rôminet vit ce qu'il ne s'était jamais attendu à voir. Micha se vit lui-même.

C'était presque aussi étrange pour moi. Le chat que j'avais dans la tête était totalement perdu. Cet autre chat avait exactement la même odeur que lui. Ça n'avait aucun sens. Ça ne voulait rien dire. Un chat ne pouvait pas concevoir ça. Ma partie humaine remarqua une petite coupure sur la tête de Micha. Tobias avait dû faire usage du tranchant de ses serres pour l'inciter à courir dans la bonne direction.

– Micha ? s'écria Melissa. Mais…

Elle essaya de regarder à l'intérieur de la cage.

Chapman réagit rapidement.

– Non, ma chérie. Ce n'est pas Micha. C'est un autre chat qui s'était faufilé dans le sous-sol. Je ne sais pas à qui il est. Je l'emporte au refuge pour que ses maîtres puissent le récupérer.

– Mais, pourquoi tu ne me l'as pas dit ?

Chapman avait du mal à ne pas s'embrouiller.

– Je… je n'avais pas réalisé que tu me parlais.

Melissa recula comme si on l'avait giflée.

– Mais papa, je pleurais !

– Désolé, fit Chapman en haussant les épaules, avant de pousser la cage sur le siège arrière de la voiture.

Puis il s'assit au volant et démarra. Je laissai échapper un soupir de soulagement. Je savais que Melissa n'était pas encore tirée d'affaire, mais au moins elle était sauvée pour l'instant.

< Bien joué, Tobias >, lançai-je.

Mais je pense qu'il ne pouvait pas m'entendre. Et la cage était placée trop bas pour que je puisse regarder par les fenêtres. Je ne pus donc pas savoir si Marco ou Cassie se trouvaient quelque part à proximité.

< Jake ? Tu es toujours avec moi ? >

< Oui. Tu as deux minutes pour me mettre un peu au courant ? Cette animorphe de puce est parfaite pour se planquer, mais je suis incapable de savoir ce qu'il se passe. >

< Je suis dans une caisse pour transporter les chats, sur le siège arrière de la voiture. Chapman est au volant. Il me surveille dans le rétroviseur. Il a toujours le pistolet à rayons Dracon. Je me demande si je ne suis pas un tout petit peu mal partie. >

< On n'est pas encore vaincus >, répliqua Jake.

< Jake, il ne doit plus nous rester beaucoup de temps. Ça doit faire au moins une heure. Tu as dû morphoser avant moi. Il faut que tu sortes de là pour démorphoser. >

< On a encore le temps. >

< Tu as une montre, Jake ? insistai-je. Ça m'étonnerait. Tu es gros comme quoi ? Un point sur la page d'un bouquin ? Tu ne peux pas prendre le risque de te retrouver piégé dans une animorphe de puce ! Et puis de toute façon, tu ne peux rien faire. >

Nous n'avons pas roulé longtemps avant que l'auto ne commence à cahoter et à rebondir en grinçant sur une route défoncée.

< Dès que nous serons descendus de voiture, il faudra que tu sautes hors de la cage, Jake. Prépare-toi simplement à sauter loin de la chaleur et de l'odeur de sang. Tu dois pouvoir faire ça. >

La voiture s'immobilisa.

< Rachel, il n'est pas question que je te laisse. >

Je savais qu'il essayait d'être courageux, mais il ne comprenait pas la situation.

< Jake, on est prisonnier. Il a un pistolet à rayons Dracon et je suis enfermée dans une cage. Vysserk Trois va venir me chercher. Je ne peux pas démorphoser, ou ils vont voir que je suis humaine. Chapman me reconnaîtra et, à partir de là, combien de temps tu crois qu'il leur faudra pour deviner qui sont les autres membres de la bande ? Ça serait la fin pour nous tous. La fin des Animorphs. La fin du seul espoir qui existe d'arrêter ces vermines visqueuses. Allez, Jake, tu sais que c'est vrai. >

< On n'est pas encore vaincus >, répéta-t-il avec l'entêtement d'une mule.

< La seule chose qui me reste à faire, c'est de rester dans cette animorphe de chat, expliquai-je. Ils vont sans doute me… mais au moins, ils ne vous trouveront pas. Bon, maintenant, saute et échappe-toi ! >

Chapman sortit de la voiture, en fit le tour et ouvrit la porte arrière.

– Le moment est venu de rencontrer Vysserk Trois, Andalite. Il va bien s'amuser avec toi.

Chapman me souleva du siège arrière. Je regardai à travers le grillage.

< Nous sommes au chantier de construction abandonné, annonçai-je à Jake. Maintenant file ! >

< Je ne peux pas te… >

Je n'étais plus en état de discuter avec Jake. Maintenant j'avais peur. Peur. Je pouvais imaginer ce que Vysserk Trois était capable de me faire.

< Navrée, Jake, mais cette fois c'est moi qui décide >, ordonnai-je.

D'un seul coup, je relevai la patte arrière et commençai à me gratter à la façon rapide et vigoureuse des chats.

< Qu'est-ce que… qu'est-ce que tu fabriques ? >

< Je me gratte. Je ne veux pas que tu restes sur moi. >

< D'accord, d'accord, capitula Jake. Mais arrête ça, c'est un vrai tremblement de terre, ici ! OK, Rachel, tu as raison. Nous avons perdu cette bataille. >

Chapman s'engagea sur le chantier en portant ma cage. Je pouvais voir le sol défiler sous moi. Je pouvais voir à travers le grillage les immeubles inachevés. Je vis l'endroit précis où nous étions restés blottis tous les cinq, terrifiés, tandis que Vysserk Trois, morphosé en un monstre sans nom, avalait le prince andalite.

L'ultime cri d'agonie de l'Andalite résonna dans ma mémoire. Il avait perdu son combat. A présent je perdais le mien.

Peut-être n'y avait-il aucun espoir. Peut-être étions-nous stupides de tenter de résister aux Yirks.

< Va-t'en, Jake >, répétai-je.

< OK, Rachel. J'y vais. Euh, écoute... sois courageuse, Rachel. >

< Ouais, Jake. Toi aussi. >

< Je saute... >

Quelques secondes plus tard, Chapman me déposa sur le sol. Il attendit à côté de la cage. Nous scrutions tous les deux l'obscurité.

Je décidai de m'assurer que Jake était parti.

< Jake ? Jake ? >

Pas de réponse.

< Jake, réponds-moi. J'ai changé d'avis. Je veux

que tu restes avec moi. Allez, Jake, réponds, j'ai changé d'avis. J'ai besoin de toi. >

S'il m'avait menti, il allait répondre maintenant. Pas de réponse. Il était vraiment parti. Je me sentis comme soulagée. Si Jake et les autres s'en tiraient, il resterait de l'espoir.

Mais ma sensation de solitude était atroce.

C'est alors que j'entendis le bruit d'un objet de grande taille qui fendait l'air à grande vitesse. Je pressai mon museau contre la porte grillagée et regardai en l'air. Trois engins spatiaux descendaient vers le chantier abandonné.

Deux d'entre eux étaient plus petits, à peu près de la taille d'un camping-car, voire un peu plus gros. On aurait dit de gros insectes à carapace. Ils ressemblaient à des scarabées avec chacun une paire de longues lances dentelées pointées en avant. L'Andalite avait appelé ces chasseurs des Cafards.

Le troisième vaisseau était beaucoup plus grand, dessiné comme une hache d'armes du Moyen Age. Il était noir sur le noir du ciel, effilé comme un instrument mortel. En le voyant descendre lentement vers nous, je sentis ma peur grandir.

Ce n'était pas le chat qui avait peur. C'était moi,

l'être humain. Le chat ne savait pas ce qu'était ce vaisseau. Moi si. Je l'avais déjà vu. L'Andalite l'avait appelé vaisseau Amiral.

C'était le vaisseau personnel de Vysserk Trois. Et la terreur semblait suinter de sa carlingue. Je pouvais sentir Chapman suer de peur.

Je crois que j'étais assez contente qu'il ait la trouille, lui aussi. Vysserk Trois allait peut-être se changer en Varnax et aspirer le Yirk hors de la tête de Chapman. Le vrai Chapman aurait peut-être quelques secondes de liberté à vivre avant d'être tué. Le Yirk allait peut-être souffrir avant que Vysserk Trois ne l'achève.

Peut-être.

La peur est comme un parasite qui s'installe en vous. Elle vous dévore de l'intérieur. Elle vous mâchonne les entrailles. Elle vous transperce le cœur. Elle vous fait vous sentir creuse. Vide. Seule.

La peur.

Le vaisseau Amiral toucha le sol entre deux bâtiments à demi construits. Les Cafards atterrirent de chaque côté de lui. Ils avaient l'air pour le moins étrange, posés entre les pelleteuses et les rouleaux compresseurs du chantier de construction.

Les massives pelleteuses ressemblaient à des jouets. Les vaisseaux extraterrestres à des armes mortelles.

J'avais peur. J'essayai d'emprunter au chat son courage, son indifférence. Mais alors, la porte du vaisseau Amiral s'ouvrit. Et je n'avais pas une miette de courage.

Rien que de la peur.

CHAPITRE
20

Vysserk Trois en personne est pire que Vysserk Trois en hologramme. Il n'y a rien d'horrible chez lui. Du moins tant qu'il reste dans son corps habituel d'Andalite. Les Andalites ont une étrange allure, c'est indéniable, mais ils ne sont pas effrayants.

Mais j'avais déjà rencontré un véritable Andalite. On pouvait sentir au premier coup d'œil la différence entre un véritable Andalite et la bête malfaisante qu'était Vysserk Trois. C'était comme s'il irradiait une lueur ténébreuse. Une lueur qui jetait un voile d'ombre sur votre esprit.

Vysserk Trois. Même Chapman avait peur de lui.

Autour de Vysserk Trois se rangèrent deux guerriers hork-bajirs. Chacun d'eux portait un lanceur de rayons Dracon, quoiqu'il fut pour le moins difficile de croire, en voyant un Hork-Bajir, que de telles créatures aient jamais pu avoir besoin d'une arme quelconque. Ils étaient eux-mêmes des armes. Marco les avait surnommés les Hachoirs à pattes. C'était des lames de rasoir vivantes. D'effroyables cornes incurvées comme des cimeterres sortaient de leur front, pointées en avant. D'autres cornes tranchantes garnissaient leurs coudes et leurs poignets. Leurs pieds ressemblaient aux serres de Tobias, en beaucoup plus gros, comme des pieds de tyrannosaure.

Ils dépassaient largement les deux mètres de hauteur, voire un peu plus, et possédaient une queue hérissée de pointes redoutables. L'Andalite nous avait expliqué que les Hork-Bajirs étaient de braves créatures, asservis par les Yirks, exactement comme les Yirks voulaient asservir les humains. Mais quand on regardait un Hork-Bajir, il était difficile de songer qu'ils aient jamais pu être autre chose que des machines à tuer.

Derrière les Hork-Bajirs venaient quatre Taxxons.

Imaginez un mille-pattes. A présent, imaginez un mille-pattes deux fois plus grand qu'un homme et deux fois plus gros. Imaginez que le tiers supérieur du mille-pattes se dresse à la verticale. Imaginez, le long du corps de la chose, des milliers de pattes acérées comme des pointes d'acier, qui se transforment en appendices plus minces garnis de petites griffes à mesure que vous vous rapprochez de la tête. Si l'on a toutefois assez d'imagination pour qualifier de tête l'extrémité supérieure des Taxxons, où quatre globules de tremblotante gelée rouge font office d'yeux. Enfin, tout au bout de ce corps répugnant, ces charmantes bestioles disposent d'une bouche. Une bouche parfaitement ronde garnie d'innombrables rangées de dents minuscules et pointues.

L'Andalite nous avait prévenus que les Taxxons sont tous des hôtes volontaires. Ce sont les alliés des Yirks.

Et pourtant, aussi horribles que pouvaient l'être les Hork-Bajirs et les Taxxons, c'était Vysserk Trois qui vous donnait la chair de poule.

En l'absence du communicateur holographique, Vysserk Trois s'exprimait à la façon habituelle des Andalites. Il utilisait la parole mentale, tout à fait comme nous le faisions nous-mêmes quand nous étions en animorphe.

< C'est le résistant andalite ? > demanda-t-il à Chapman.

— Oui, Vysserk Trois.

Vysserk Trois s'avança vers moi en dansant presque sur ses délicates pattes d'Andalite, tel un stupéfiant hybride de cerf, d'homme et de scorpion. Ses yeux pédonculés, toujours en alerte, fouillaient les alentours. Il approcha son visage de la cage.

Je le regardai droit dans les yeux. Je pouvais voir ses fentes nasales s'ouvrir et se fermer au rythme de sa respiration. Je vis ses grands yeux en amande rétrécir lorsqu'il plongea son regard à l'intérieur de la cage pour pouvoir mieux m'observer.

Sa tête n'était qu'à quelques centimètres de moi. J'aurais pu tenter de le griffer à travers le grillage pour le faire au moins saigner un peu.

Mais la peur me paralysait. J'étais malade de terreur. Je n'ai pas honte de le reconnaître. Je ne parvenais pas à soutenir son regard, et je me retournai, incapable de le regarder en face.

< On n'est plus aussi courageux à présent, n'est-ce pas mon ami andalite ? > me nargua Vysserk Trois.

C'était la première fois que Vysserk adressait directement la parole à l'un d'entre nous. Sa voix résonnait dans ma tête, plus effrayante, cruelle et maléfique que tout ce que vous pouvez imaginer. C'était une voix chargée de puissance. Et de haine. Quand il m'appela

Andalite, je faillis m'écrier : « Non, non, Vysserk Trois, pas Andalite ! Un être humain, je suis un être humain ! »

C'était comme si je pouvais sentir la force incommensurable de sa volonté prête à me broyer. En l'espace d'un instant, je le sus : jamais je ne survivrais à son interrogatoire. Je lui dirais tout. Son pouvoir était un million de fois plus grand que le mien. Sa volonté était irrésistible et sans limite. Et moi, qu'est-ce que j'étais ? Juste une petite fille stupide. Une stupide petite fille perdue. Perdue.

Pourtant, alors même que mon esprit était sans résistance face à la terreur que m'inspirait Vysserk Trois, je sentis une présence à ses côtés.

Je n'étais pas seule. Il y avait quelqu'un d'autre dans ma tête avec moi. Quelqu'un dont la mémoire ne possédait aucune image de Vysserk Trois. Micha. L'esprit de Micha contenait des peurs, mais elles étaient différentes des miennes. Micha craignait les grands rapaces prédateurs. Micha craignait les chiens criards et agressifs. Micha craignait les chats mâles dominants.

Mais Micha n'était pas le moins du monde impressionné par Vysserk Trois.

Alors que j'étais sur le point de sombrer dans la panique la plus totale, je laissai l'esprit du chat prendre les commandes. Je me retirai, me cachant à l'abri du paisible cerveau du chat.

Vysserk Trois prit la cage des mains de Chapman. Il la souleva de façon à pouvoir mieux voir à l'intérieur.

Et savez-vous ce que je fis ? Ce que fit Micha ? Il pressa son petit nez rose contre le grillage et se mit à humer. Micha voulait savoir ce qu'était cette créature, ce qui impliquait de la flairer un bon coup.

< Il est semblable à la créature orange et noir qui a attaqué le bassin >, observa Vysserk Trois.

Il me fallut une seconde pour comprendre. Puis je réalisai qu'il parlait de Jake. Jake s'était morphosé en tigre quand nous nous étions battus dans le Bassin yirk.

– C'est juste, Vysserk Trois, remarqua Chapman. Ils appartiennent à la même famille d'animaux. Les félins. Celui-ci en est le plus petit représentant.

< Je vois que tu as causé quelques malheurs à mon serviteur Iniss deux deux six, Andalite, constata Vysserk Trois. Personne ne vous a jamais accusés, toi et les tiens, de manquer de courage. Vous êtes une race stupide, mais vaillante. >

Qu'étais-je censée répondre ? Merci, trop aimable ?

< Pourquoi ne réponds-tu pas, Andalite ? Je sais que tu entends mes paroles. Ce petit jeu est inutile. Je sais ce que tu es. >

Je restai muette. J'essayai de ne penser à rien. Je craignais, si je disais quoi que ce soit, qu'il ne sache instantanément que je n'étais pas un Andalite. Et si jamais il réalisait que j'étais un être humain... les autres ne seraient plus jamais en sécurité.

Je devais rester dans ce corps.

Je devais mourir dans ce corps, et emporter mon secret avec moi.

Vysserk Trois reposa ma cage sur le sol.

< Maintenant, où est la fille ? Je l'ai promise à Iniss quatre cinq cinq. Iniss quatre cinq cinq est un de tes compagnons de frai, je crois ? Nous procéderons à l'opération à bord du vaisseau-mère, et je ramènerai la fille demain. Où est-elle ? >

– Vysserk Trois... je... balbutia Chapman.

Vysserk Trois changea soudain d'expression. Mes yeux de chat eux-mêmes parvinrent à peine à suivre ses mouvements, tant ils furent rapides. Vysserk Trois saisit Chapman à la gorge. Sa queue d'Andalite se courba en avant. La pointe de son dard mortel s'immobilisa à quelques centimètres du visage de Chapman.

< Tu me défies ? > siffla-t-il.

On aurait cru entendre un serpent venimeux.

— N-n-n-non, non, Vysserk Trois ! bredouilla Chapman en tremblant comme une feuille. Jamais je ne te défierais. Seulement, c'est… l'hôte. Chapman. Lui et la femme se sont rebellés !

< Tu n'es donc pas capable de contrôler ton hôte ? ricana Vysserk Trois. Crois-tu que l'esprit andalite qui continue de vivre dans ce corps ne résiste jamais ? Tu t'imagines que ton hôte humain est plus puissant que mon hôte andalite ? >

Les choses n'allaient pas très bien pour Chapman. Pas plus pour l'humain, le vrai Chapman, que pour l'humain-Contrôleur qui se faisait lui aussi appeler Chapman.

— Vysserk Trois, je… je me contente de te rapporter les faits. M-m-mon hôte est sous contrôle. Mais je suis sans cesse en contact avec des humains. J'occupe un poste à responsabilité dans leur société. Je ne peux pas laisser le corps de mon hôte me faire grimacer et me contortionner. Les humains considèrent ce genre d'attitude comme un signe de maladie mentale. Je pourrais perdre ma situation. Et je ne te serais alors plus d'aucune utilité.

< Tu ne m'es déjà pas d'une grande utilité >, remarqua Vysserk Trois.

– Vysserk Trois, mon hôte demande la permission de s'adresser directement à toi, annonça Chapman.

Vysserk Trois hésita. Je vis ses yeux pédonculés fouiller les environs à la recherche d'une éventuelle menace.

Instinctivement, je regardai aussi alentour. J'ignorais ce que les yeux d'Andalite de Vysserk Trois étaient capables de voir dans le noir. Mais en ce qui concernait les miens, l'obscurité n'était pas un obstacle.

Je scrutai la nuit, sans même savoir ce que je cherchais. Mais je ne vis que les Hork-Bajirs, les Taxxons, les vaisseaux yirks, le silence et l'obscurité, les bâtiments et les engins abandonnés du chantier de construction .

Puis, je perçus un mouvement furtif. C'était dans les bois qui bordaient le chantier. Un rapide mouvement latéral, exactement le genre de chose que mes yeux de chat pouvaient le mieux déceler. Mais lorsque je concentrai mon regard dans cette direction, je ne vis plus rien bouger. C'était sans doute d'autres Hork-Bajirs qui patrouillaient.

< J'autorise l'hôte à s'adresser à moi >, accepta enfin Vysserk Trois.

J'allongeai le cou autant que je le pus pour voir. Pendant un moment, il ne se passa rien. Et soudain, Chapman s'affaissa. Comme une marionnette dont on aurait coupé les fils. Il tomba comme une masse dans la poussière. Ses jambes s'agitaient, se tordaient sous lui.

Il essaya de se relever. Mais c'était comme s'il ne savait pas comment faire fonctionner ses jambes. Elles bougeaient par saccades, ruaient soudainement, mais il ne parvenait pas à se remettre debout. Finalement, il renonça.

– Fixeur, bredouilla-t-il. Fixeur Hrois. Déso... je... désolé. Vixeur. Vysserk Trois.

Le vrai Chapman, l'humain, avait été privé du contrôle de son corps depuis si longtemps qu'il ne savait plus comment bouger ni parler.

– Vysserk Trois, répéta-t-il d'une voix bizarre.

< Parle donc, imbécile ! s'énerva Vysserk Trois. Crois-tu que je peux rester ici éternellement ? >

– Vysserk Trois. Tu... Nous avions conclu un marché. Tu sais que je n'ai jamais voulu me joindre à vous. Ma femme le voulait. Mais j'ai dit non. Mais... mais ensuite, ma femme... ce n'était déjà plus ma femme, bien sûr.

Soudain, il se mit à pleurer. Je voyais parfaitement ses larmes couler.

— Ma femme qui n'était plus ma femme... reprit-il. Ma femme qui était devenue une de tes créatures... elle a menacé... menacé de te donner ma fille.

Chapman parvint à lever une main maladroite jusqu'à ses yeux.

— Je lui ai pardonné. Elle était faible. Et tu te nourris de la faiblesse des êtres.

< Oui, bon, viens-en au fait. Quelle est ta demande ? > s'impatienta Vysserk Trois.

Un Hork-Bajir s'approcha. Il murmura quelque chose à Vysserk Trois, puis s'éloigna. Je n'avais pas pu entendre, ni comprendre ce qu'il avait dit, mais j'avais l'impression qu'il lui avait rappelé qu'ils ne devaient pas traîner dans le secteur trop longtemps.

— La question, déclara Chapman, c'est que j'ai accepté d'être changé en hôte. J'ai accepté de... de...

Il parut sur le point de vomir.

– J'ai accepté d'abdiquer ma liberté. De devenir un Contrôleur. De recevoir cette chose immonde dans ma tête. J'ai accepté votre contrôle. J'ai accepté… mais à la condition que ma fille soit épargnée.

Je crus que mon cœur s'arrêtait de battre. Chapman était devenu un Contrôleur pour sauver Melissa ? Il avait donné plus que sa vie pour sauver sa fille ?

< La situation a changé, objecta Vysserk Trois. L'individu Chapman est un élément important de notre dispositif. Nous ne pouvons tolérer qu'il y ait dans son entourage un humain incontrôlable. >

– La fille, Melissa, ne représente aucun danger pour vous. Mais…

Chapman lutta encore une fois pour se relever avec ses jambes et ses bras malhabiles. Il parvint à se mettre à genoux. Et lentement, très lentement, il se redressa. Il tremblait et vacillait, mais il tenait debout.

– Ma fille ne représente aucun danger, répéta-t-il d'une voix plus forte, plus assurée. Mais moi, j'en suis un.

CHAPITRE
21

< Toi ? Un danger ? > s'esclaffa Vysserk Trois.

Il tendit la main et donna une légère poussée sur la poitrine de Chapman qui tomba à la renverse et s'étala dans la poussière. Sa tête n'était qu'à quelques centimètres de la porte de ma cage. Les larmes coulaient à flots le long de ses joues.

– Si vous touchez à ma fille, je vous combattrai. Je ne cesserai jamais de vous combattre. Demande à ton Yirk s'il ne m'en croit pas capable. Il me connaît mieux que personne. Demande à Iniss deux deux six si je suis capable de me battre pour ma fille !

Chapman ferma les yeux. Ses larmes cessèrent de couler. Puis, ses yeux s'ouvrirent à nouveau. Il se releva rapidement et se tint devant Vysserk Trois. La limace yirk avait repris le contrôle. Il était redevenu un Contrôleur.

Mais avant qu'il ne se relève, je vis quelque chose qui me terrifia une fois de plus. C'était la montre de Chapman. Elle indiquait maintenant neuf heures vingt-huit. Il me restait à peu près dix-sept minutes avant d'atteindre la limite des deux heures !

< L'hôte va tenter de te résister ? >

– Oui, Vysserk Trois. Et la femme en fera autant. Elle n'est pas aussi forte que lui, mais elle a pu prendre le contrôle d'une main. Peut-être a-t-elle des ressources cachées que nous ignorons.

Il hésita avant de poursuivre. Je pouvais toujours flairer la peur qui l'habitait.

– Je serais plus utile avec un hôte passif, volontaire. Mais je suis ton instrument, Vysserk Trois. Je ferai ce que tu m'ordonneras.

< Oui, tu feras ce que je t'ordonnerai, grogna Vysserk Trois, avant de hocher la tête dans ma direction. Mais tu m'as amené le résistant andalite, et cela va m'occuper pendant un petit moment. Laisse la fille, pour l'instant. Et maintenant va-t'en. Tu abuses de ma patience. >

Chapman ne perdit pas une seconde. Il sauta dans sa voiture et fila à toute allure.

< En route ! > cria Vysserk Trois.

Je vis les Hork-Bajirs réagir instantanément à son ordre. L'un d'eux s'empara de ma cage et m'emporta rapidement vers le vaisseau Amiral.

Dans quelques secondes, tout serait fini. Je serai à bord du vaisseau spatial de Vysserk Trois. Je quitterai la Terre. Le seul avenir qui me restait était fait de souffrance. Le seul espoir, de mourir avant d'avoir trahi mes amis.

< Bon, alors, il se passe quoi, maintenant ? >

– Mrrraaaoww !

Je bondis et tournoyai à l'intérieur de la cage.

< Jake ? C'est toi ? >

< Qui veux-tu que ce soit ? T'en connais beaucoup, des puces parlantes qui se baladent sur ton dos ? >

< Jake, tu étais censé t'en aller pour sauver ta vie ! >

< Ouais, c'est vrai. Comme si j'allais te laisser tomber. Écoute, j'ai pu entendre les paroles mentales de Vysserk Trois, mais je ne sais pas où nous sommes. >

< On est à moins de trois mètres de la porte du vaisseau Amiral de Vysserk Trois. Et il me reste environ quinze minutes avant de me retrouver piégée dans cette animorphe. >

< Quinze minutes ? Génial ! Si tu en as quinze, il m'en reste dix. Souviens-toi, j'ai dû morphoser plus tôt que toi. >

< Jake, va-t'en ! Tu peux pas rester une puce ! >

La porte du vaisseau Amiral s'ouvrit en coulissant sans bruit. Je pouvais voir une lumière rouge sombre à l'intérieur. J'aperçus des Taxxons qui semblaient surveiller des sortes de panneaux de commande. Des Hork-Bajirs montaient la garde.

< Je n'ai pas l'intention de partir, me prévint Jake. Aucun d'entre nous ne va partir. >

< Aucun d'entre... Tu veux dire que les autres sont des puces, eux aussi ? >

< Non, mais ils doivent être quelque part dans le coin. Tobias devait nous suivre et informer les autres de l'endroit où nous étions. >

< Ils ne peuvent rien faire. >

< Ah tu crois ça ? Ben moi je te parie qu'ils vont essayer. >

A cet instant précis, j'entendis un son étrange. Mon cerveau de chat ne le reconnut pas. Mais mon cerveau humain si. C'était un bruit de moteur. Un gros moteur. Comme celui d'un gros camion. Ou peut-être d'un tracteur. Ou encore...

Une pelleteuse.

Le Hork-Bajir qui me portait le remarqua lui aussi. Il se rua dans le vaisseau et me jeta sur le sol. Puis il revint en courant vers Vysserk Trois, qui attendait dans l'encadrement de la porte.

< Je crois qu'ils ont mis en marche une des pelleteuses >, expliquai-je à Jake.

< Alors je pense qu'il est temps que j'intervienne. Je vais tenter une double animorphe ultrarapide. En espérant que ça marche. Attention, rien ne va plus : Yaaahaaah ! >

Au même moment, j'aperçus la pelleteuse par la porte ouverte du vaisseau Amiral. Elle avançait à une allure lamentable. Mais elle avançait droit vers le vaisseau Amiral.

< Décollage immédiat ! > hurla Vysserk Trois.

Les Taxxons les plus proches baragouinèrent quelque chose dans leur affreux langage sifflant du genre : « Ssspasss sssiblisss sssmontsss mnutsss dusss. »

< Deux minutes pour décoller ? Trop long ! > jugea Vysserk Trois.

Sa queue frappa.

Je vis s'ouvrir une énorme plaie dans la chair du

Taxxon. Une sorte de colle jaune verdâtre se déversa par la blessure.

Les autres Taxxons avaient tous l'air très excité. Ils agitaient leurs petites pattes supérieures et faisaient cliqueter leurs minuscules griffes.

< Toi et toi, fit Vysserk Trois en désignant deux Taxxons. Faites-nous décoller ! Les autres, vous pouvez manger cet imbécile. >

Le Taxxon blessé émit un gémissement. Trois autres Taxxons se ruèrent sur lui. Leurs bouches circulaires se collèrent sur la chair tremblotante de leur semblable et entreprirent de le déchiqueter et de le dévorer.

Le bruit du moteur diesel se rapprochait. Vysserk Trois lança des ordres. Des Hork-Bajirs sortirent par la porte en courant.

C'est alors que je vis qu'il se passait quelque chose dans le coin le plus sombre de la cabine, au-delà du groupe de Taxxons qui se livraient à leur abominable festin. Quelque chose grandissait. Un être humain était en train de surgir du néant.

< Jake ! >

< Peux pas causer. Me distrais pas. >

Vysserk Trois écumait de rage.

On pouvait sentir sa fureur irradier l'espace étroit de la cabine.

< Détruisez cette machine ! > ordonna-t-il.

Dehors, deux Hork-Bajirs mirent en joue les cinq tonnes de métal qui avançaient lourdement sur leurs chenilles grinçantes.

Jake était toujours tapi dans son coin, mais il avait entamé une nouvelle animorphe. Dans l'obscurité, mes yeux de chat pouvaient distinguer le dessin de ses rayures. Noires sur fond orange. Les rayures d'un tigre.

Il était temps que j'y mette aussi du mien. Je me concentrai. Je sentis que le changement commençait. La cage se mit à rapetisser autour de moi.

Brrroum… Brrroum… Brrroum… La pelleteuse approchait.

Le Taxxon agonisant criait de moins en moins fort, dévoré vif par ses joyeux compagnons.

Soudain, je vis fuser un éclair rouge. Il y eut un grésillement, et je vis la pelleteuse se désintégrer. Mon cœur cessa de battre. Marco ! Cassie ! Avaient-ils pu se sauver ?

Il fallait que je me concentre. Il fallait que j'ignore les gémissements du Taxxon. Il fallait que j'arrête de me demander si Cassie et Marco étaient sur la pelle-teuse quand elle avait été touchée. Il fallait que je contrôle mon animorphe. Ne va pas trop loin, Rachel. Pas trop loin. Il ne fallait pas que je redevienne humaine. Pas totalement humaine. Je baissai les yeux sur mes pattes de devant. De petits doigts malformés avaient fait leur apparition. Je glissai mes moignons de doigts semi-humains à travers le grillage pour atteindre le verrou.

L'un des Taxxons qui dévorait son compagnon leva un instant les yeux de son festin. Un instant de trop.

– Visssreee ! Aaatensss, ssprisss ssseessapsss ! siffla-t-il en agitant ses ignobles pattes antérieures dans ma direction.

Vysserk Trois se retourna et me fixa avec une haine féroce.

J'ouvris la porte de ma cage.

– Rrrwoaaarrr ! rugit Jake en bondissant dans les airs, toutes griffes dehors.

Je m'extirpai tant bien que mal de la cage, mal-adroit amas de fourrure et de peau, créature informe à mi-chemin du chat et de l'être humain.

Jake se jeta sur le flanc de Vysserk Trois.

< Cette fois, c'est ton tour, ordure ! >

Vysserk Trois bascula et s'écrasa sur le sol, ne formant qu'une seule masse grondante avec le tigre. Sa mortelle queue fouetta l'air, mais elle manqua sa cible. Des griffes infiniment plus grosses que les miennes labourèrent la chair de Vysserk Trois.

< Aaaarrrgghhh ! >

C'était très plaisant d'entendre Vysserk Trois hurler de la sorte. Malheureusement, j'avais d'autres sujets de préoccupation.

Je ne pouvais pratiquement pas bouger dans mon état de semi-animorphe. Je me concentrai pour reprendre ma forme de chat. Encore quelques minutes, et mes deux heures seraient écoulées.

Jake s'écarta d'un bond de Vysserk Trois à l'instant où une poignée de Hork-Bajirs arrivaient à la rescousse de leur maître.

< Cours ! > hurla Jake.

< D'accord ! >

Nous nous sommes mis à courir. J'étais à nouveau entièrement Micha. J'étais capable de filer à plus de quarante-cinq kilomètres à l'heure, aussi vite que le plus rapide des athlètes humains. Malheureusement, les Hork-Bajirs sont encore plus rapides.

Jake, lui, n'avait aucun mal à les semer, sur de courtes distances. Mais il n'allait pas me laisser en arrière.

Il fit demi-tour et bondit sur le plus proche Hork-Bajir.

Je le vis voler au-dessus de ma tête, énorme masse orange rayée de noir. Son adversaire s'effondra.

Mais j'avais un autre Hork-Bajir sur les talons. Plus rapide que moi. Trop rapide !

Je décrivis un brusque crochet sur la gauche. Le Hork-Bajir lança un rayon Dracon loin devant moi. Je fis une nouvelle feinte, faisant déraper mes quatre petites pattes dans la poussière. Le Hork-Bajir plongea en avant pour me saisir, mais me manqua.

Je perçus un autre mouvement. C'était quelque chose de gros. Le sol tremblait…

Une autre pelleteuse avançait pesamment, écrasant le sol sous ses chenilles. Marco et Cassie avaient mis en marche une deuxième pelleteuse !

Je fonçai vers le bâtiment inachevé le plus proche. Il fallait que je m'enfuie. Et il fallait que je démorphose. Le temps était presque écoulé. Encore quelques minutes, et je serais piégée !

J'aperçus un trou sombre. J'y plongeai d'un bond. Le trou passait sous un mur. Puis il débouchait dans un soubassement peu profond. Il y avait un plafond de béton à environ soixante centimètres au-dessus de ma tête. J'étais en sécurité! En sécurité, et avec assez de place pour démorphoser et reprendre ma forme humaine.

J'essayai de me concentrer. Au-dehors de mon petit abri de béton, j'entendais des grognements et des cris. J'entendais le grondement sourd de la pelleteuse. Je crois que j'entendais le grésillement des rayons Dracon.

« Humaine, me dis-je à moi-même. Redeviens humaine! Il ne reste que quelques minutes! »

Puis, j'entendis un énorme fracas. Un autre. Et encore un. On aurait dit qu'un géant tapait du pied sur le sol.

Les pas du géant s'arrêtèrent. J'étais paralysée, incapable de seulement penser, encore moins de démorphoser.

Crrraaak!

Tout autour de moi, des piliers de chair écailleuse, durs comme du roc et gros comme des troncs d'arbres, traversèrent le béton.

Brrrraaaoumm !

Ils soulevèrent le plafond de béton qui me recouvrait, le déchirant comme du papier.

Je me retrouvai exposée à l'air libre. Prise au piège. Et au-dessus de moi, tenant dans ses puissantes mains le plafond de béton arraché, se dressait une bête qui semblait taillée dans la pierre !

< Tu ne m'échapperas pas aussi facilement >, gronda Vysserk Trois.

CHAPITRE
22

Tout était fini. Je savais que j'étais perdue. Rien au monde ne pouvait arrêter la bête dont Vysserk Trois avait pris l'animorphe.

Elle mesurait six bons mètres de haut. Autant qu'un poteau téléphonique. Elle se dressait sur trois pattes massives aussi épaisses que des troncs de séquoia. Elle avait une tête minuscule, pas plus grosse que celle d'un homme. Elle aurait eu l'air rigolo, avec cette tête ridicule, sauf que ce qu'elle faisait n'avait vraiment rien de drôle.

A l'aide de deux interminables et puissants bras, Vysserk Trois arrachait négligemment des pans entiers de béton armé.

Il plantait ses doigts dans le ciment, en détachait d'énormes dalles et les rejetait par-dessus son épaule.

L'une des dalles retomba sur un Hork-Bajir et

l'écrasa. Je ne crois pas que Vysserk Trois s'en soit soucié ni même rendu compte.

Je fuyais.

Crraac ! Une des gigantesques mains de Vysserk Trois s'abattit juste devant moi. Je fis demi-tour.

Crraac ! Une autre main s'écrasa devant moi.

Même le chat qui était en moi le savait : c'était sans espoir.

Du haut de sa tête si étrangement petite, Vysserk Trois braqua sur moi deux minuscules yeux luisants. Il rapprocha ses mains, formant un mur autour de moi.

Krraaaklang !

Vysserk Trois hésita.

Brrraaaooumm !

Je bondis comme un ressort. Je bondis au sommet d'un mur. Plus de deux mètres sans élan à la verticale et, croyez-moi, terrifiée comme je l'étais, j'aurais été capable de sauter encore plus haut !

Du coin de l'œil, je vis ce qu'il s'était passé. La pelleteuse avait continué d'avancer et s'était écrasée contre un des Cafards. Et le Cafard avait explosé.

< Aaaarrrggghhh ! > hurla de rage Vysserk Trois. Je n'enviais pas les Hork-Bajirs et les Taxxons qui avaient laissé passer cette pelleteuse.

217

Je courus sur l'arête du mur. Formé de parpaings, il était plein de trous et ne mesurait que quelques centimètres de large. C'était une épreuve bien plus dure que celle de la barre au cours de danse. Mais cela ne m'empêchait pas de galoper aussi vite qu'un matou complètement terrifié peut le faire.

< Je vous tuerai tous ! Bande d'abrutis ! > hurla Vysserk Trois.

J'espérais qu'il allait m'oublier un peu. Puis j'entendis le tonnerre de ses pas. En deux enjambées, il m'avait rattrapée.

Sa main gigantesque balaya l'air pour essayer de m'intercepter.

J'étais à trois mètres du sol, et le sol était couvert de débris tordus de métal rouillé.

Je n'avais pas le choix. Je sautai.

Le métal était là, prêt à m'embrocher. La main de Vysserk Trois plongeait sur moi.

Quelque chose de pointu me piqua l'échine.

Le sol ne se précipitait plus à ma rencontre. Au lieu de cela, je m'élevais comme une flèche dans les airs.

< Ouah, Rachel ! La prochaine fois que tu voudras morphoser en chat, prends-en un qui soit moins gros ! >

Tobias !

< Je peux te porter jusqu'aux arbres, pas plus. >

< Il faut que je démorphose. J'arrive au bout de mes deux heures ! >

Nous avons volé en direction des arbres. Tobias s'épuisait. Il savait qu'il était à la limite de ses forces.

< Largue-moi, maintenant ! >

Nous étions dans les arbres. Tobias me lâcha. Je tombai comme une pierre. Mais ma queue pivota et je retrouvai aussitôt mon équilibre.

Une branche d'arbre ! Vlam ! Mes griffes se plantèrent dans l'écorce.

Je sautai sur le sol et commençai à démorphoser avant même d'avoir atterri sur un moelleux tapis d'aiguilles de pin. A travers les arbres, je pouvais apercevoir la gigantesque créature dans laquelle s'était incarné Vysserk Trois donner libre cours à sa fureur. Il jetait à la ronde les quelques Hork-Bajirs qui restaient comme un sale gosse brisant ses jouets. Il écrabouillait les Taxxons sous ses énormes pieds.

< On dirait qu'il est furieux qu'on lui ait échappé >, observa Tobias.

< Jake ? Les autres ? m'inquiétai-je. Ils ont pu s'en tirer ? >

< Pas de problème. Jake avait dû démorphoser avant de se transformer en tigre, il n'a donc pas eu de problème de temps. Marco a les plumes un peu roussies, mais ça va. Cassie aussi. >

Je m'écroulai sur le sol. Je m'étais échappée. J'avais survécu. Je sais que j'aurais dû avoir envie de sauter de joie. Mais tout ce que j'éprouvais, c'était une immense fatigue.

CHAPITRE

23

Au cours de danse suivant, Melissa était là. Elle était toujours en vie. Toujours libre.

Au vestiaire, je me déshabillai et enfilai mon justaucorps avec des gestes nonchalants. Mais je la surveillai du coin de l'œil quand elle ouvrit son casier et en sortit l'enveloppe. Elle l'ouvrit et lut le message que j'avais écrit : « Melissa, ton père t'aime plus que tu ne le sauras jamais. Et plus qu'il ne pourra jamais te le montrer. Signé : quelqu'un qui sait. »

Bien entendu, je l'avais tapé sur mon ordinateur, afin qu'elle ne puisse pas reconnaître mon écriture.

Ce n'est peut-être qu'un effet de mon imagination, mais elle me parut mieux concentrée sur les exercices, ce jour-là.

Après que ma mère fut passée me chercher et m'ait raccompagnée en voiture à la maison, je retrouvai les autres. Cela faisait deux jours que nous ne nous étions pas réunis, depuis la bataille du chantier. Je crois que je devais paraître un peu soucieuse.

– Comment va Melissa ? me demanda Cassie.

– Je lui ai laissé un message, expliquai-je en haussant les épaules avant d'en révéler le contenu. Je sais que ce n'est pas bon pour notre sécurité, Jake. Et Marco, je sais bien que c'est sentimental. Mais je m'en fiche. Chapman a tout donné pour protéger sa fille. Je devais faire quelque chose.

– Ça va, fit Jake. Ça nous aidera peut-être.

Cassie dit en me souriant qu'elle était fière de ce que j'avais fait. Marco leva les yeux au ciel, mais il s'abstint de tout commentaire.

– Bon, on a détruit un Cafard. On a flanqué un peu la frousse à Vysserk Trois. Et...

– Et on s'en est sortis vivants, acheva Marco.

– Ouais, il y a ça aussi, admit Jake avec un large sourire. Ça a même une certaine importance.

– La prochaine fois, on va... commençai-je.

– La prochaine fois ? s'écria Marco faussement horrifié.

< Il y aura une prochaine fois, assura Tobias. Jusqu'au retour des Andalites. >

Ils sont parmi nous !
Ne Les laissez pas vous contrôler, lisez...

L'affrontement
Animorphs n°3

Et découvrez dès maintenant
ce qui vous attend !

66 C'est alors que ça arriva.

A un kilomètre et demi ou plus au-dessus de moi, l'onde traversa l'air. Un vide, un trou là où il était impossible qu'il y en eût un.

Ma réaction fut immédiate. Il fallait que je m'en rapproche. Je battis des ailes jusqu'à en avoir mal à la poitrine et aux épaules, mais elle se déplaçait trop vite, et elle était trop haut dans le ciel.

Elle s'éloignait de moi, vague d'air, ondulation dans la matière du ciel. Elle se déplaçait dans une direction différente, cependant. Elle se dirigeait vers les montagnes.

Alors je vis un vol d'oies en V serré... Soudain, l'oie de tête s'écroula comme si elle avait été renversée par un camion. Ses ailes s'effondrèrent. Elle ne tomba pas, pourtant. L'oie blessée glissait dans l'air. Elle glissait à l'horizontale, roulant et rebondissant, comme jetée sur le toit d'un train lancé à vive allure.

Il arriva la même chose à presque toutes les oies...

La vague invisible avait heurté le groupe de plein fouet. Les oies glissaient et roulaient sur une surface invisible mais dure. Et à chaque fois que les oies rebondissaient, j'apercevais un éclat de métal gris acier.

L'onde continua son chemin, indifférente. Pourquoi les Yirks se préoccuperaient-ils d'un vol d'oies sauvages ?

Car c'étaient des Yirks, j'en avais la certitude. Et ce que j'avais vu, ou à peine entrevu, était un vaisseau yirk. 99